KB120850

웃음이 하나 지나가는 밤

시작시인선 0261 웃음이 하나 지나가는 밤

1판 1쇄 펴낸날 2018년 5월 14일
지은이 이은송
펴낸이 이재무
책임편집 박은정
편집디자인 민성돈, 장덕진
펴낸곳 (주)천년의시작
등록번호 제301-2012-033호
등록일자 2006년 1월 10일
주소 (04618) 서울시 중구 동호로27길 30, 413호(묵정동, 대학문화원)
전화 02-723-8668
팩스 02-723-8630
홈페이지 www.poempoem.com
이메일 poemsijak@hanmail.net

ⓒ이은송, 2018, printed in Seoul, Korea

ISBN 978-89-6021-371-5 04810
       978-89-6021-069-1 04810(세트)

값 9,000원

웃음이 하나 지나가는 밤

이은송

천년의 시 작

시인의 말

나지막한 언덕에서, 나는 오래 쉬고 있다
너무 애쓰며 살다 간 어머니처럼

멈추어 쉬는 지금
내 몸에서 나비의 액체가 한없이 흘러나왔다
끈적한 나비 액체들은 제각각 몸들을 비척이더니
나비가 되어 날아갔다
자꾸자꾸 멀리 날아갔다
한 마리 두 마리 세 마리
나는 오랫동안 바라보았다
만장의 나비 떼
내 몸이 나비의 방이었던가
이제야 조금 가벼워졌다

내 시는 달콤하고도
슬픈 말들의 이마
그 먼 나날들을 아프게 날아와
내게 닿은 나비의 기척들이다

차 례

시인의 말

해 설

제1부

거미 여자

비 온 뒤 내 어두운 날개는 놀랍게도 온 사방에 순간 번졌어요
차가운 침묵으로 사막에 검은 비 내리는 그때
또 다른 교수대 위로 날아가는 은빛 가루들
점점 높이 올라갈수록 점점 깊이 들어갈수록
이 지상이 피난처인 것은 확실한데
불빛이 눈부신 그때
이 허공의 사하라는 적막을 원해요
악이여, 왜 불빛이 사그라지는 것을 보고 싶어 하는가
절룩거리는 내 뒷모습을 보고 싶어 하는가
첨첨 차오르며 부서지는 내 부러진 날개들을 접어
그물을 치는 적막의 시간
거미줄이 사실은 거미의 날개라는 것을 모르는가
칭칭 내 자신을 향해 치고 있는 감옥이
실은 내 날개라는 것을 왜 모르는가

박쥐 무릎

빛나라 네온사인 가게 아저씨는
저녁이 오면
가장 평평한 돌 모서리에 앉아 주름 잡힌 바지를 올려
무릎을 꺼낸다

그리고는 거친 손으로 무릎을 문지른다
반질반질해질 때까지
무릎을 닦는 아저씨의 집중은 격렬하다
파르르 얼굴을 붉히며 어깨를 한 번 출렁이고는
흡사 거꾸로 매달린 박쥐의 모습으로 더욱 굽어진다

'비가 오면 욱신거려 죽겠어'
첫 아내가 죽고 몸 안으로는 어두운 동굴을 들여놨다는
아저씨의 취미는 눅눅한 뼛속 구멍과 구멍 사이의 녹슨
부위를
박쥐처럼 매달려 저렇게 닦아내는 일이다

아저씨의 젊은 새 아내는 늘 맨발로 마루를 걷다가
무릎을 꿇고 마루를 닦으며 머리칼을 훔치곤 했는데, 그
것은

심심하면 한 번씩 모습을 드러내는 생의 통증 앞에서
사시나무처럼 몸을 떠는 나이든 남편의 어깨 위에 걸린
낡은 마루를
닦는 일이다
생의 두려움으로 할딱거리는 남편의 치열한
생의 매달림을 더듬어주는 것이다

오 저 주인아저씨는 일이 끝나면
눅눅한 동굴을 지나 바깥으로 비집고 나온
제 무릎의 통증을 박쥐처럼 매달려 닦는다
일이 끝난 나는 집에 갈 때마다 색색 비추며 돌아가는
네온사인 불빛을 보며
저 불빛은 왜 이 늦은 시간까지 반짝이는가 생각하다가
거꾸로 굽어진 채 매달려서 정성스레
제 무릎을 오랫동안 문지르는 아저씨를 바라본다
무릎을 향해 간신히 매달려 있는 박쥐를 본다
나는 굽어진 아저씨의 어깨를 보다가 여기까지 끌고 온
내 지친 굽은 무릎을 자꾸 더듬어본다

목련꽃 허파

자정 무렵이면
나는
늘 고양이 한 마리를 데리고 이슥한 동네 골목을 서성이
다가
목련나무 그림자를 훔쳐보곤 했어요

벌써 몇 년째 꽃이 만개했던 집 앞 목련은 제 꽃들을 어
디론가 떠나보낸 후
제 발꿈치를 들고 허리춤에는 손을 넣고 슬금슬금 가로등
아래를 서성이는데 이 모습이 예사롭지 않았어요

그런 어느 날이었어요
어둠 속을 서성이던 목련나무가 길모퉁이에서 달을 올
려보더니
슬그머니 옆길의 고물상 간판 앞에 서는 것,
녹슨 빗장을 소리도 없이 열고는 고물상을 비추는
달무리를 따라가
달의 허리를 끌어안고 스며드는 것이었어요

나는 숨소리도 없는 고요한 고물상 모퉁이

널브러진 녹슨 철제물들의 허파 위로
만월이면 목련꽃들과 달빛과 바람들이 몰려와
부드럽게 만개할 수 있다는 것을 몰랐어요
떠나고 아프고 부서진 것들이 이곳으로 와 지친 몸을 기
대고
달빛과 목련의 유두를 물고 숨 쉬는 것을 몰랐어요

저렇게 달빛들이 철제물 허파에 유두를 물린 사이
따라온 고양이는 느슨한 잠이 들고
아, 나도 몇 생이 걸려도 아련한 달의 심장으로 태어나
고 싶어요
파닥이는 달의 심장으로 가서 만개한 목련꽃이 되고 싶
어요
내 굳어버린 허파가
만개한 달의 젖을 물고 환한 목련꽃으로 피어날 수 있
다면
저 과묵한 철제물 같은 내 낡은 심장을
달의 신전에 바칠 수 있어요

이명 속 나무 한 그루

연두 잎사귀 드문드문 돋는 계절이 오면
오랫동안 모래바람에 아파온 내 귀는 더욱 아려와요

아프게 아려오면, 나는 어두운 귓속 골목을 맨발로 걸어
당산나무한테로 더듬거리며 가요

비틀거리며 나무 가까이 쭈뼛쭈뼛 다가가면
종이꽃 이파리들을 나무에 걸어놓고 꽃상여를 타고 떠
난 주름 깊은
당골네 할매가 나무 속에서 손을 내밀어 줘요
'애야, 네가 아프구나' 중얼거리며
내 머리를 쓰다듬어요 둥근 서랍에서 심장 모양의 오르
골을 꺼내 빛나는 종소리로 나뭇잎의 노래를 불러주어요

새의 울음 같은 종소리가 내 달팽이관을 구슬처럼 몇 번
을 더듬어 오르고 내려오면
아린 내 귀는 그때부터 조금씩 우는 것인데
흘리는 족족 초록 진액이에요
내 귀의 울음은 기실 오래전 나도 모르게 들어와 둥지를
틀고 함부로 살던 바람 소리며 새소리며

알 수 없는 누군가의 구슬픈 휘파람 소리예요
나는 누구의 말도 알아듣지 못하는 병病에 걸려
'연두를 주세요' '연두를 주세요'
하고 바람에게 속삭이곤 했던 것인데
바람은 자꾸만 내 귀에 휘파람만 불었던 것이에요

연두색 솜털 같은 잎사귀들이 가지마다 폭설처럼 내릴 때면
난 이명 속 초록 당산나무 할매를 찾아가요
할매는 내 귀에 박힌 아픈 가시 이야기를
하나하나씩 뽑아내며
침을 발라 꼭꼭 눌러주어요

그제야 나의 귀는 연두로 조금씩 정갈해지고
아렸던 마음은 조금씩 눈을 뜨곤 해요

태아

어머니의 목욕을 거들었다 쭈그러든 가슴과
사타구니의 음부 사이사이에 물을 끼얹었다가
문득 내가 아직 태어나지 않은 태아일 때의
어머니 자궁 안을 생각했다
나를 양수에 담그고 붉은 피와 하얀 뼈의 골수를
강물 같은
탯줄로 이어 내 배꼽에 들여놓고서야 어머니는 고요해
졌을 것이다
그러니까 어머니의 양수는 내 첫 번째 유랑의 바다
나는 온통 어머니의 젖줄기를 따라 물로 채워진 세계 안
에서
젖이라는 말로 옹알이를 했을 것
그 말이 아직도 내 혀에 맴돌고 있다

내가 영원히 태어나지 않고 배꼽으로 탯줄 문 태아였으면

가끔 어머니를 뵈러 가는 날 어머니가 싫을 때가 있다
또 다른 나를 보는 느낌이 싫기도 하고 좋기도 하고
어머니라는 이름의 젖줄기로
내 젖줄기까지 아려온다는 것

세상이 처음으로 아프고 그렇게 서러울 때

　　난 강가에 나가 늘 돌멩이를 던졌다

　　그때 처음 띄워진 물수제비처럼 나도 바다로 흘러갔다
는 것인데

　　어머니는 큰 바다에 나를 놓고 갔다는 것

　　가끔 세상의 입덧으로 내가 힘겨울 때

　　내가 태아였을 때를 생각한다, 그리고 세상의 모퉁이에
기대어

　　엄마의 탯줄을 문 태아처럼 눈을 감는다

　　그럴 때면 엄마도 다시 내 아가로 돌아와

　　내 유두를 물고 잠에 들 것만 같다

반질반질한

고무나무 사이로 눈곱 꽉 낀 코끼리 무등이 보여요
사람을 태우고, 우리 돈 만 원이면 고무 숲 한 바퀴
사람들이 줄 서 있고
유순한 코끼리의 등이 반질반질해요
코끼리 발굽이 땅에서 떨어지는 찰나, 발바닥도 반질반
질해요
푸른 숲을 흔들던 야성은 어디에도 흔적이 없어요
일순 무디어 있던 내 척추가 짐승처럼 꿈틀대요
내 안에서 깨어난 짐승이 깊고 높은 산맥을 가로질러 끝
없이 달려가요
발굽에 밟힌 풀들이 누웠다 일어서요

늦은 저녁 식탁 위로 눈곱 낀 채 나를 따라온 코끼리가
식탁을 핥으며 모퉁이를 돌아요, 돌아요,

반질반질한 식탁을 돌아, 반질반질한 손잡이를 잡고,
반질반질한 의자에 앉아, 반질반질한 모서리들을 지나,
반질반질한 문턱을 지나 반질반질한 고속도로를 질주하
더니,
반질반질한 웃음, 반질반질한 사랑, 반질반질한 식욕,

반질반질한 너와 나, 반질반질한 마음의 돌 턱을 돌아,
밤새도록 내 안을 어슬렁거리는 코끼리
오, 반질반질한 것들이라니, 야성을 남김없이 잡아먹고도
식탐으로 눈이 반질반질한 저 수많은 타성의 눈이라니
때 이른 땅거미 내리는 저녁 숲도 반질반질해요

호두의 페르소나

바람에 뒤틀려 거칠어진 호두 껍데기 틈새로
간신히 들어가 누운 호두 여자

구름 한 점 빌려 이불을 깔고는, 먼 길의 고단함을
중얼거리며 호둣속은 의외로 부드럽다 말하네

늦은 저녁에야 나는 서둘러 자작나무 숲을 지나며
부드러움 갖지 못함을 슬퍼하였는데
아니다 아니다 너의 심연은 둥근 원을 그리며
조금씩 자라나는 초록 나비라고 말해 주네
그렇다네, 실은 초록 나비의 마음으로
단단한 껍질이 되어 사는 일이 나의 적의는 아니라네

여린 마음을 눕히기에는 이만한 호수가 없을 것
껍질은 단단하나 속이 부드러운 것이나
겉은 부드러운 채
마음 끝 심지에서 자란 단단함이나
거친 제 몸 껍질을 스스로 찌르며 자라는 씨들의 견딤은
갈라진 틈새로 밤이면 수천의 나비 떼로 날아오른다는
호두의 전설이 있다네

바다의 껍질인 모래톱같이 단단한 껍질의 몸을
갖고서야 부드러움으로 살아가는
호두의 페르소나
세상의 모든 보이는 모습이 진짜 얼굴은 아니라네

물결의 무늬처럼 일렁이며 누운 호두 여자
여리디여린 날개로 팔랑이며
단단해진 이런 속내는 이제껏 본 적 없다 말하네
겉이 단단하면
속이 부드럽지 않은 것은 없다 말하네

연두 바이러스

누군가 따두었던 씨앗이 초록 심장으로 불이 붙어
저리 돋는 거예요

텅 빈 하천의 거뭇거뭇한 겨드랑이 사이부터 천천히 번져
휘청이는 생강나무 텅 빈 몸 안을 지나
온 천지 솟아오르는 저 물집들

언제 들고 난지 모르게
탱자나무 날카로운 성난 발톱일랑 선잠에 든 사이

주검이 있는 곳마다 다닥다닥 타오르며
위태로운 언덕배기 위를 성큼 올라서는 독한 병病이에요

분명 굵은 나무 모서리를 두드리던 딱따구리의
미궁에서부터 시작했을 테고
겨울 지샌 싹들이 밀월처럼 밀려드는 달의 소리에
저도 모르게 통통해진 입들을 움츠릴 때였을지도
무수한 껍데기들이 조금씩 비켜서고 열병이 반점 사이사
이를 열며 몸을 뒤척일 때였을지도 모를 일이지만

누군가, 죽음을 엿보았기에 연두를 편지에 동봉했을 것
이에요

몇 개의 관이 혼을 들고 멀리 나갔다가 돌아온 이듬해
버드나무 아래부터 드문드문 돋아나는 원추리 우체통 속
으로 날아든 접힌 편지 한 통이 쏟아놓은 것들의 소식
온몸이 연두로 덮여가며
누군가 지금 지독하게 앓고 있어요

당신의 등 굽은 벽화

앙코르와트의 붉은 벽화를 바라보다가
사람들은 저마다 굽어진 등에
유물을 지니고 사는 것을 알았어요

집으로 돌아온 나는
그날 밤 굽어진 채 잠이 든 당신의 등을 오랫동안 말없
이 만져보았어요
구불구불한 당신의 등
길들여지지 않은 야생의 코끼리가 슬금슬금 걸어 나오며
내게 말하는 것을 들어요
'당신은 슬픈 귀를 가졌군요'
원시의 밀림이 당신의 벽화에 노을처럼 내려요
노새 한 마리가 지나가며 다시 내게 말해요
'밀림의 이슬로 너의 귀를 씻으렴'

세상의 모든 울음이 사람들의 굽은 등에 고인 것을
난 왜 이제야 알았을까
벽화 속으로 거친 내 손을 넣어 당신의 울음을 닦아봐요
낡고 지친 능선에서는 마른 진흙 바람이 일어요

오, 이제라도 내가 당신의 말을 알아들을 수 있다면
당신의 벽화는 내가 해독하지 못한 유일한 유물이에요
어린 노새의 발자국을 끌고 나에게로 온 당신
지친 신발을 신은 채 낡은 내 겨드랑이 사이에 얼굴을 묻
고 곤한 잠에 들어요

동트기 전 온 힘을 다해 걸어가야 할 밀림의 길들만이
바람을 몰고 자꾸만 내게로 걸어와요
벽화 속 일출의 바다가 별무리 되어
유리 가루로 내 가슴에 흩어져 내려요

등 굽은 당신은 왜 꿈속에서도 울고 있나요

푸른 사선의 길들

잔디밭 안
푸른 사선의 길들이
사람들의 발자국들을
이끌고 바쁘게 걸어가요
잔디는 단단해서 아무렇지도 않을 줄 알았는데
볼록한 초록 발등에는 더 많은 사람들의 발등에 밟혀져
물 빠진 바다처럼 홀쭉하게 길이 나 있어요 누군가는
발자국들이 잔디를 사라지게 했다고 생각할지도 모르겠
지만
어쩌면 잔디의 발굽이 발자국들을 밟고 지나갔을지도 모
르겠지만
누군가는 길이 아닌 길이 세상에 어디 있겠냐고
반문할지도 모르지만 저 안으로는 빠른 발자국의
무리들이 잔디를 핥으며 무심코 아주 무심코
지나갔겠지만 혹시 그대, 그 길을 통해
어디론가 빠르게 빠져나가려 했다면
왜 내 안으로 와 나를 딛고 서는지
신음하며 무수하게 밟혔을 것들은
왜 내 안으로 와서 이렇게 꿈틀거리는지
그대, 밟으면 밟히고 마는 여린 것들의

흐느낌들을 아는지, 풍장처럼 사라져버린

저 잔디의 내장과 사선으로 난 흉터

누군가 밟고 간 발자국들이

수인처럼 사선의 길에

갇혀 울고 있다

나무 켜는 애인

사내가
남은 톱밥으로 새벽불을 지피고 있어요

타닥거리며 솟아오르는 불씨 몇 개
사내의 눈썹에 걸려요
헌 주머니에 가져왔을 북극 날개가
구들의 불쏘시개로 타올라요
품고 있을 연서도 몸을 녹여요
저 불씨는 사내의 구들이에요
옆구리 연장이 사내의 헌 바지춤을 지탱하는 사이
밤늦도록 태운 취기가 재로 쌓여요
깎아 만든 은행나무 기둥 모서리에 새벽달이 닿아
흔들려요

닳고 닳아있을 사내의 손금만큼
낙엽송이 집의 중심에 서서 몸을 드러내요
서까래가 신전처럼 기둥 위로 올라가고 하늘을 가려요
이제 눈과 비와 폭우를 피할 수 있어요
별을 물고 새들이 돌아오듯
돌아온 사내

움직일 때마다 노새의 비늘이 툭 툭 떨어져요
몸을 비틀어 나무를 깎아내고 망치를 두드리고 나면
연장들이 주머니 속 지도처럼 풋잠에 들어요
세워진 처마의 허리춤에는 바람이 적절하게 스며들어요

누군가의 집을 짓기 위해 두근거리며 돌아왔을 사내
사내의 여자는 밥을 짓고 수초처럼 애인의 발등을 건드리
며 집의 기둥을 바라보아요
한 치의 틈도 없이 각을 세운 각도가 어긋남이 없을 때

봄빛 마루가 놓이고 구들이 놓여요
집의 세간이 들어올 무렵이면
목수가 되어 보낸 사내도 풋잠에 들 거예요

검은 고양이 네로

자궁 같은 둥근 집 안으로
걸어 들어가는 수천의 발걸음들이 잠들 때
천천히 걸어 나오는 너를 알지
도토리처럼 견고한 어둠이 식탁이라는 거
집이 없는 게 아니라 집을 가지지 않았다는 거
그런 너는 늘 불온한 꿈을 꾸는 이름 고운 나비
어둠 속, 몸은 까맣고 두 눈은 섬광처럼 번뜩인다
낙서처럼 버린 무덤 같은 수많은 휴지들을 찢으며
불온을 꿈꾸는 밤
심야 영화를 보고
율법서를 발톱으로 찢으며, 성큼성큼 어둠 위를 가르며
허공 가득 채운 누군가의 낙서를 읽는다
오, 낙서라니, 내가 얼마나 저질러보고 싶은 불온인가
낙서는 지상의 빙하를 건너는 마지막 남은 가여운 희열
행렬처럼 걸어가는 너희들 사이사이를 거꾸로 가며
어둠의 상징으로 살아가는 한 마리 나비
너희들이 버린 것들을 사랑한다
너희들이 잃어버린 것을 사랑한다
정의가 있기나 하는 건지
누군가의 목소리만 혼자 외로운 밤들

그래서 야옹

혼자서 꾸는 음모, 늘 그것들을 수집하기도 하지

수집광

잃어버린 네 그림자를 핥으며 그래서 불온

아 상쾌하여라

모두가 잠든 사이, 담벼락을 사뿐히 딛는

그 사이의 간극은 얼마나 적요한가

그래서 들리는 어둠 속 목소리, 잠든 빛의 심장 소리

그 사이사이를 걷는 오늘의 기수

불온할 수 있을 때까지 불온을 꿈꾸는

그래서 가벼운 어둠의 나비, 네로

보길도에서

그녀는 작고 단단하고 환해요

저녁이 되어 가파른 동네 언덕을 오를 때
그녀의 등은 도르르 말아져 동그래져요

그녀의 등에 땀이 흥건해질 때
바람이 그녀를 훑고 지나갈 무렵
소금에 젖은 그녀를 날 선 파도의 혀들이 유순해져
아주 곱게 핥아요

밤이 오면 각이 많은 모서리부터
달을 물고 곤하게 잠이 들어요

그녀의 몸은 바닷물이 들고 난 자리의 무늬처럼 고와요
움직일 때마다 우르르 쏟아지는 그녀의 말
심해에 다녀온 물의 깊이가 몸에 닿아 수많은 무늬를 이
루었어요

나는 말없이 몽돌의 얼굴에 뺨을 대보아요
나는 꿈도 못 꿀 유연한 대칭의 곡선

말간 몽돌이 될 때까지 그녀를 차고
달아난 파도들도 어디선가 곡선을 이뤘으면

그녀는 지느러미 없이 길을 잘도 가요

반대의 길을 걷다

여름 마당의 봉선화가 제 뿌리를 반대로 키우며 자란다
뿌리는 아래로
줄기는 위로

저 봉선화집 아들은 아버지에게 반항하며 저렇게 자라
고 있는 것

사내들은 자신의 아버지에게 반항하며 사내가 된다

우리는 돌아오기 위해 긴 반항의 강을 떠나왔고
산처럼 고집스러운 낡은 내 반항도
거친 바람으로 말미암아 서서히 무너져 내렸다

애인과 헤어질 때
난 그의 반대편으로 걸어가며 울었다

그렇듯, 세상의 모든 반대

저 봉선화 한 나무도
잎은 잎대로 뿌리는 뿌리대로

애쓰며 간다

가장 슬플 때는
내가 가야 하는 반대의 길을
모를 때

마당의 붉은 봉선화도 실은 제 길을 제대로 간다
반대가 옳다
뿌리는 뿌리대로
줄기는 줄기대로
반대의 길들
서로는 그렇게 헤어지며 다시 만났다

제2부

귀 무덤

내 귀는 소리의 공동묘지
바람이 눕고
눈보라가 되어 창문을 덜컹이네
지천에 널린 죽은 말의 이명들은
하룻밤이라도 따스운 방으로 찾아들고 싶어 방황하고
한낮의 이비인후과 언저리에는
이명증을 앓는 사람들이 줄을 서 있네
뉴스에서는 어떤 사내가 얼어버린 국밥 한 사발을 들고
벤치에 구부리고 누워 잠들었다 말하네
나는 말을 잃고 아무 곳도 갈 수가 없네
떠도는 말들이 때도 없이 내 귀의 문을 열어달라 말하고
사방의 닫힌 귀들 탓에 말들은 무덤이 되어가네
떠도는 말들만이 지천에 널려 있어
내 귀는 소리주의보
구부러진 말들로
바람처럼 떠도는 소리의 공동묘지

빈 병의 헤게모니

일찍이 저렇게 투명하고 맑은 몸을 본 적이 없어요
골목 모퉁이, 어둠의 내장을 관장하며 졸고 있는 푸른
빈 병
제 몸 가장자리로는 나무와 풀 그림자를 받아안고
어두운 구석구석들을 모아
실업을 견딘 근력이 되었어요
달과 별이 뜬 어둠이 깊어지고
바닥까지 훑고 건너간 수많은 발자국들이
바닥에 수인처럼 누워 바람의 두근거림을 엿듣는 밤에

바닥의 이음새 따라 그가 슬그머니 누워있어요
저 사람 누구인가
한낮을 쏟아버리고 더욱 환해진 채
어둠을 안고 있는 빈 병
아마 그의 귀는 비워 낸 텅 빈 내공으로
북극성의 이야기를 듣고 있을 거예요

헐어버린 담벼락 사이 찰랑거리며
돌아오던 아버지는 꼭 한 방울의 물기를 골목에 남겼어요
발자국마다 눌린 둥근 모서리에는 가난이 온기로 고이고

걸을 때마다 갸우뚱 접힌 어눌한 목은 더욱 기울어
슬금슬금 누에처럼 늘어졌다 작아지곤 했었는데

저 빈 병의 접힌 날갯죽지는
달의 허리춤 어디에 이마를 대고 둥지를 틀었을 거예요
어둠이 깊을수록 휘청이며 떨어지는 무수한 아픈 별 조
각들을
딱지 아문 골목의 손들이 화들짝 놀라며 받아줘요
빈 병의 노숙이 어둡지만은 않아요

구석

장롱 옆 한쪽 손이 닿지 않는 곳에서 서로
어깨를 맞대고 살아가고 있네요
켜켜이 놓여 있는 낡은 옷가지에 누에처럼 겹을 지어
도르르 말린 채 군락을 이루며 살고 있어요

스무 살 시절 실연한 내가 숨을 곳 없이 덜컹거리며
한낮을 지나갈 때였어요
부서진 내 마음이 먼지처럼 가벼워져
길거리에서 얕은 잠을 반복하기를 여러 번
잠과 의식의 경계에서 휘청할 때
모퉁이에 놓여 있던 구석이 헐거워진 나에게 말을 걸었
지요
어두운 구석이 허튼 내 옆구리에 유일하게 손을 밀어 넣
어준 거예요
사각 모퉁이로 굽은 구석의 목덜미를 유추하건대
그도 환한 빛으로부터 도망쳐 왔는지 몰라요
그때 나는 어두운 구석에 기대어 모락모락 피어
층층이 계단 모서리의 먼지꽃으로 닿아있었는데요
발끝부터 머리끝까지 번지던 내 아픈 전율들이
구석의 먼지가 되어 내 한쪽 겨드랑이에

푸른 싹으로 깃들었어요

그러고 보니 덜컹거리다가 부서져 버린
내 어린 날의 자전거도 실연의 모퉁이에서 울던
언니의 쓰린 뒷모습이 머물던 곳도 어두운 구석이었어요
어두움이 다 한가지 어둠이 아니라는 걸
따뜻한 어둠도 있다는 걸 그때 알았어요
나는 가끔 서러워지면 젖은 신발을 벗고
구석 따라 한 숨 한 숨 걸어 들어가
오랫동안 혼자 내 어두운 날개를 꺼내보곤 해요

내 가난한 말들

왜 아픈 것들만 내 몸 같은지 모르겠어요
이건 분명 내 연민의 오래된 유전자 때문이에요

아버지는
세상의 모든 아픈 것들만 집으로 데려왔어요
낡은 주머니에서는 늘
구부러진 연장이며 구부러진 말들이 잠들어 있었어요
집 안에는 알 수 없는 기호들이 구석구석 쌓이고
삼각형의 기호들은 누룩처럼 삭아갔어요
돌아온 아버지가 헌 주머니에서
이끼와 녹이 슬어 부서지는 기호 같은 말들을 꺼내 놓을 때
그건 오로지, 나만이 알아듣게 될 말들이라는 것을
무심하게도 그때는 몰랐어요
의미를 잘 알 수 없는 슬픔이 가득 찬 그 말들이
낙엽처럼 내 가슴에 쌓이고 쌓일 때
나는 가랑잎처럼 야위어갔어요

가난한 것들과
서러운 것들과 휘청거리는 것들만 눈에 밟히고
내 어깨에 닿아 어지러운 것은

아버지의 탓으로 돌렸지만
잠시 잠깐 사이 노랑 민들레 한 포기가
내 심장에 질긴 뿌리로 내릴 줄은 몰랐어요
그 뿌리 때문에 앓는 동안
잠깐 사이 연민 같은 당신이 내 어깨에서
줄기로 돋을 줄은 정말 몰랐어요

소나무 발가락에는 방들이 살아요

찰랑찰랑한 소나무의 문고리가

수초처럼 열릴 때가 있어요

일터에서 돌아온 내가 양말을 벗고 하얀 발등을 내밀 때

사각의 화분에 세 들어 사는 소나무 발가락들이 일제히

귀를 세운 채 밖을 내다볼 때

나는 촘촘해진 덤불 속 방들을 꾹꾹 누르고 날아가는 새

처럼

소나무 발가락들을 눌러주곤 해요

단단한 소나무 발가락은

심연 깊이 빨강과 검정, 초록과 노랑의 빛깔들을 품은 방

들이 비밀처럼 살고 있어

꽃이 없이도 저리 오래 살 수 있어요

빨강 있어? 아니! 내가 좋아하는 것은 연두야, 노랑 있

어? 아니! 검정이야 하고 말하는 능청스러운 나무의 유머

를 듣는 밤

오래된 라디오에서 당신은 추억을 간직했나요?

멘트가 흘러나와요

받아들이지 않으려 진저리쳤던 것들의 방들은 더욱 **빨강**

일 거예요, 깜깜한 가슴팍 어디쯤에는 낡은 안장들이 잠들
어 있을지
　　바람이 몸을 흔들 때
　　오랜 뿌리의 힘들이 추억을 지탱한다는 것
　　거름이 되는 이파리들이 눈을 감고 기억의 비밀 방문 고
리를 다독인다는 것

　　나무의 허기가
　　주춤주춤 바닥까지 내려가 물을 길어오곤 해요

　　끝내 자신의 그림자를 놓지 않는 저 나무와 내 기억의
넓이
　　소나무 뿌리에는 세 들어 사는 방이 여럿 있어
　　나는 그곳에 놀러 가곤 해요

둥근 방

나비 방이 자라고 있는 줄 정말 몰랐어요

어떤 여자가 스스럼없이 무릎을 꿇고 사각의 마루를 닦
으며
방의 골목에 애벌레로 오가는가 했는데
어느 날 내 심장의 우물로 첨벙, 울음이 닿는 걸 보고서야
심장 모퉁이 어두운 곳이
나비 방이라는 것을 알았어요

한숨과 웃음이 애벌레의 몸에 배도
문신처럼 지울 수 없는 날개 하나

깊고 깊어서 맑아진 여자의 어두운 자궁 속
시시포스 신화 같은 그 언덕을 따라가면
백만 년 전에 늙어버린 어두운 길을 밤새 몸으로 깎아
내며
언덕을 오르는 사포 같은 여자가 살고 있어요

만 장의 날개가 겹겹이 쌓여 있는 방
애벌레의 껍질이 가득 고인 방

접은 깃 아래 숨죽인 여자가
몇 해 동안 잠들어 있어 캄캄한 그곳

나비 방이 자꾸만 자라
나를 허물며 자랄 줄은 정말 몰랐어요

라일락 미망

저 허리 굽은 라일락의 이력은 기억나지 않아

다만 내가 이곳에 이사 오기 전에도 있었다는 것

봄이 오면 그 향기가 동네 가득 머물러

사람들이 꽃을 보러 온다는 것

라일락은 어김없이 꽃을 피워 내고

지는 꽃을 다시 바라보곤 했다는 것

마당의 그 라일락 나무를 잘라줬어

양지로만 양지로만 기우는 허리를 곧추세우기 위해

가위를 들고 하루 종일 잘라줬어

아프게 아프게

뿌리 끝으로는 꽃들이 내려와 한참을 울고

라일락 가지의 몸뚱이들이 바닥에서 한참을 뒹굴고

그녀의 둥근 한 방울의 눈물도

밝은 곳으로만 기우는 양지의 길을 지워냈어

바람이 집을 지어요

동네 빈터에 내내 눈이 내려요
거친 겨울바람 사이로
마른 얼음이 얼었는가 싶으면 녹고
녹았는가 싶으면 얼었는데
누군가 몰래 내다 버렸을 낡은 빈 타이어가 뒹굴고
무심코 버렸을 요구르트 빈 병이 쓸쓸히 앉아 졸아요
반쯤 허물어진 빈터에
양지가 아침 능선처럼 뜨고
어디에서 왔는지 모를 홀씨 하나가 봄을 물어 씨를 틔우더니
조금씩 번지는가 싶었는데
작은 발톱에 물컹한 심장을 짓는가 싶더니
한참의 정적이 흐른 뒤에
여린 허리를 곧추세워 집 한 채 지어요
그러니까 나팔꽃이 바람 속에 저를 풀어
아픈 하루를 가만히 쓸었다가 놓았다가
몇 번의 천둥 속에 지내다가 어둠 속에 갇혔는가 싶더니
햇살 속을 뒹굴다가 조금씩 숨소리가 자라는가 싶었는데
겨울 떠난 늦은 저녁
햇살에 저를 들여 제 존재의 집을 지어요

어제까지 알지 못한 네가

내 깊은 바닥까지 차고 들어와 마음의 빈터

그곳에 적요의 뿌리를 얼어 단단하게 싹을 틔워요

아프다 싶은 내 이명을 얼어

열뜬 숨소리로 자라는가 싶었는데

저녁 모퉁이를 돌아 잔뿌리로 저를 넓히는가 싶었는데

벼랑 끝 계단을 오르듯 자꾸자꾸 자라요

제 존재를 내 안에 키워요

가을이 여름을 지우고 오듯

눈을 감고 마음에서 너를 지우면 너도 없고

나도 없는, 지나고 나면 흔적도 없을 집을

바람으로 구르며 한 채의 집을 지어요

바람이, 바람의 집을 지어요

당신이 뒤돌아볼 때

헤어져 가는 당신이
느티나무 아래에서 잠깐 뒤돌아볼 때

내 심장에 뚝 떨어지는 우물 같은 소리

순간, 난 팽팽한 기타의 현이 내 손끝에서 튕겨질 때와
뒤돌아보는 당신의 저 서늘함의 소리가
왜 똑같은 소리를 갖게 되었는지 궁금해요

여섯 개의 현이 참으며 내는 소리가 기타의 통증이라면
어둠을 더듬으며 내는 바람 소리는 바람의 통증이라고
그날 밤 당신이 벗어놓은 낡은 셔츠의 겨드랑이 틈새에
슬픈 내 얼굴을 묻고 잠들 때

당신이 숨겨 놓았던 절망의 시계추들이 고양이처럼
살금살금 걸어 나와 나팔꽃의 목덜미에서 뒤척이며
통증의 소리를 내곤 했던 기억들

내일 아침이면 고양이 똥을 치우러 옥상에 올라갈래요
어두운 밤은 고양이의 통증을 묻기 좋을 시간이니까요

누구든 내부에 통증 하나씩 갖고 있어,
고양이도 앞집 할매도 자꾸만 뒤돌아보며 간다는 것
모든 절망의 외마디, 그것이 통증이었다는 것

실은 내부에 있는 나의 목소리로 당신 목소리를 들어요

헤어져 가는 당신이 잠깐 뒤돌아볼 때
아스라이 떨어지는 슬픔의 비늘들
그럴 때 나는 굽은 내 손의 손금을 활짝 펴 당신의 가장
아픈 소리 하나 말없이 받아내요
전생의 별똥별을 묻었을지도 모를 내 아린 손금에
당신의 숨겨진 통증 하나 묻어주면
슬픈 당신이 웃을지도 모르니까요

집요하다

고기를 던지는 순간 고기 대신 옷을 물고 놓지 않았다
온 힘을 주고 당기는 쪽과 물린 먹이를 놓지 않겠다는
개의 이빨에 물린 내 와인색 티셔츠가 찢어지고서야
싸움은 끝이 났다, 사실 오래전부터 저 개가 나를
탐색하고 있었다는 것, 네 눈에 만만하게 보였다는 것
이고
넌 승산 없는 싸움이었다면 애초에 시작하지 않았을 것

등산길에 나무와 나무 사이에 육각을 이루며
사선으로 진을 치고 있는 거미를 보았다
죽은 듯 움직이지 않아 살짝 건드려보았다
민첩하게 움직이는 모양이 정신은 명료하게 뜨고 있었
던 터
그는 허공에 그물을 치고 포획을 기다리고 있었다는 것
인데
그물 속에는 벌레 한 마리 발을 잘못 딛고 숨을 놓았다

집요하다는 건 모든 집요함에서 등을 돌리고 싶은
반대의 이면이다, 씩씩거리는 것에서 멀어지고 싶을수록
더욱 씩씩거린다는 것, 개의 집요한 본능, 이를테면

늘 그 자리에서 굳건한 벽의 근성이거나, 거미의 능청스
러운 포획
기어이 나무를 훑고 지나가는 바람이거나
바닥까지 닿고서야 일어서는 풀의 집요함까지

잠깐 방심하는 사이, 거미의 사선에 걸리고
개가 입 벌리는 사이 내 옷이 감기고
어디 집요하지 않은 게 있나, 벽을 놓지 않고
오르고 오르는 담쟁이 넝쿨, 덜컹거리면서도 놓지 않는
늙은 개의 줄까지, 등나무 한 그루 몸을 저리 틀면서도
허공을 짚고 제 영역을 넓혀가는 이력이라니
누덕누덕 내 구두 밑창에 들러붙어 떨어지지 않으려는 껌
내 발꿈치를 절대 놓지 않는
내 그림자까지

돌로 된 나무

마당 모퉁이 감나무 아래로 돌아가면
돌로 된 나무 한 그루,
그의 이름은 절구예요
둘레는 푸른빛으로
깊은 속내, 푸른빛 돋을 만큼 이끼 가득 품고
금이 간 채 잔잔한 걸음으로 모퉁이를 돌며
홀로 걸어요
어느 날은 꽃을 피워내고
어느 날은 비를 피워내고
라일락 꽃잎을 담아내는 절구나무
모두 잠들어 있는 저녁에는 몸을 서서히 드러내
그의 몸에 새겨진 불 덴 자리를 읽을 수 있어요
뿌리 끝은 길고 깊어 잔뿌리까지
흥건한 내력을 깊숙이 물고 있어요
아들을 가슴에 묻은 어느 할미의 내력과
병이 들어 죽어간 어느 남자의 내력이 있어
차마 버리지 못해요
가을이 오면 절구는
말랑말랑한 손끝으로 가끔 지난 내력을 잊고
웃기도 하였는데

그것이 시간이려니 했어요 그러나
화석처럼 결코 사라지지 않는 것
절구를 보며 뿌리의 그늘들을 오랫동안 생각하는 한나절
어느 일가의 내력이 한 그루 절구나무 속 바다에 닿아
고여 있는 물고기들
돛처럼 흔들려요

봄

딱 그때였다

날아가던 한 새가 부리를 내밀어
허공을 쪼았을 뿐인데
그물들이 끊어지며 비명이 되었다
그리고는 내 이명에 갇혔는데
아득히 쏟아지는 내 이명의 물결 속으로
바람들은 햇살을 몰고 왔다
새잎들로 마악 태어나기 시작했다
봄의 자궁에 들어 이내 빛이었다가
강물이었다가 바람이었다가
겨울을 뚫고 오른 저 새순의 보리 싹들이 출렁대기 시작
했다
오, 이 속에서 새롭게 태어나지 못할 자 누구 있으랴,
기적이었다가 아픔이었다가
가슴 저린 모성들이 어린 풀잎 한 장에도,
더더욱 꽃잎 한 장에도 자꾸 태어나기 시작하는 것인데
이 세상에 피어난 한 우주, 내 자식, 네 자식,
이보다 더한 신화는 없으리
이 신비한 순간에 나도 한 생에 머물러

한바탕 솟아오른 초록의 새 떼가 되어
날아오른다
날아오른다

나무들의 흰 뼈

숲속 나무의 굵은 뿌리들이
살점 다 발라진 채
앙상한 뼈로 흙 바깥에 드러나 있다

식탁에 앉아 의심 없이 발라온 수많은 생선들의 살점,
깊은 수심의 청정세계를 건너온 사실 때문에
더욱 탐욕스럽게 잔가시를 무딘 젓가락으로 발라냈었다
의심하지 않았었다
뼈만 남은 고기들과
뼈만 남은 나무의 뿌리들이
내가 오랫동안 발라낸
푸른 것들로 산길
나무뿌리 속에 살고 있다고

온몸으로 산을 지켜낸 뿌리의 뼈들과
세상의 길속에 묻힌 흰 뼈들이
제 살점 다 발라내고
한 토막 생선의 잔뼈로 누워
낡은 그물로 세상에서 조용히 늙어가고 있다

문득 난 세상의 모든 길들이
눈이 밟혀 길을 잃는다
울창한 숲속에 누워 산을 키우는 수많은 나무의 뼈와
세상을 키운 착한 뼈들은

내가 딛고 오른 길들 속에 누워있던
순한 누우들의 무덤이었던 것
혁명이었다는 것

붉은 사과나무 언덕을 지나, 나는 가네

내 기억 속
붉은 사과나무 아래로 작은 집들이 태어나기 시작했어
그리고 며칠 후
태풍에 떨어진 사과 알들이 썩어갔지

나는 일기장에 그 광경을 꼼꼼히 받아 적기로 했어

내 어머니가 어린 아기인 나를 버리고
빨간 사과나무를 지나면서 집을 떠날 때였어
뒤돌아보던 엄마의 눈

어머니, 그때 왜 나를 버리셨나요
외치던 키 작은 아이의 일기
몇 해가 지나고
사과나무 아래로 작은 눈물들이 태어나기 시작했지
사과를 닮아가는 내 상처로 스며든 붉은 기억들

어머니의 사막은 늘 매서운 바람이 불어
그 바람이 내 눈을 매섭고도 짧게 쿡쿡 찌르며 스치곤
했지

내가 아픈 눈을 떴을 때

나도 사과나무 아래에 서 있었어

어머니의 사막

몇 개의 오로라들은 짐승의 뼈를 모으는 것이 유일했을
것이야

늙은 여우의 뼈와 공룡의 뼈

잃어버린 천둥과 번개를 모으고

나도 어머니가 되어 마냥 긴 사막의 노래를 불렀지

생생한 기억의 꿈도 없이

나는 모든 광경을 목격했어

제3부

사과 상자와 못

사과를 덜어내자
나무 상자는 옹이 박힌 몸을 환히 드러내요
거친 듯 고운 살결이 예전에는
그가 수많은 초록 잎사귀 키운 한 그루 나무였음을
이른 봄날 자지러지게 웃으며 청춘을 보냈음을
말해요
누군가가 나무를 베어 결 곱게 잘라 못을 박았어요
저 나무 상자 처음에 못을 거부했겠지요
망치가 못을 대고 탕탕 두드릴 때에는
저 혼자 서럽도록 마음을 비워 내며
몇 번인가 제 몸 바깥으로 튕겨 나가
풀의 등에 얼굴을 비비며 울곤 했을 거예요
그러다가 어느덧 한 몸이 되어버린
나무와 못
이제는 못을 빼면 나무 상자가 부서져 버릴 듯
서로를 부축하고 살아가고 있어요
제 안의 외투를 벗듯 사과를 다 비워 내며
내 몸에 박힌 못들을 보았어요
나를 지나간 여문 발걸음들을요 상처들을요
이제는 나와 한 살이 되어 함께 흘러가는 것들을요.

대장장이

닳고 닳은 내 심연의 오래된 골목
가파르고 낡은 계단을 딛고 올라서면
낙타처럼 굽은 등으로
이글거리는 불을 지피는 대장장이가 살아요
여름 내내 나의 조물주는 대장장이여서 그 화로에
나를 던져요

당신의 재료는 오로지 불꽃이라죠
솟아오른 힘줄은 당신의 오래된 이력이죠
그래요, 이제부터 나는 무엇이 될지 모르는 쇳물이에요
불에 나를 담그니
빛바랜 노란 노트가 구겨진 채
꾸역꾸역 목을 타고 넘어오네요
오래전 삼킨 아픈 가시들이 식도 벽을 긁으며 넘어와요

제발 각진 내 모서리부터 쾅쾅 두드려주세요
날카로운 호미며 괭이며 구부러진 것들이 차례로 두드
려져
더욱 굽어졌듯이
동그란 불의 무덤 안에 들어앉아 나도 숨을 얻을래요

벌컨*의 절벽 끝으로 내려가 내 허튼 잠을 털고

불새가 되어도 괜찮겠지만

이제 나는 초경처럼 부풀어 오르는 풋사랑을 마악 이해하
기 시작하는 처녀래요 불의 긴 잠 끝에서 일어난 미라예요

몰약으로 오랫동안 나를 닦아요

당신은 불을 다스려 불의 심장과

불의 뿌리조차 거머쥔 대장장이

누구든 당신의 불의 무덤에 다다르고서야 비로소

태어날 수 있어요

내 안, 후미진 심연 골목 모퉁이 올라가면 오늘도 구부
러진

연장만을 모아 불을 지피는 대장장이가 살아요

가끔 나는 들뜬 바람처럼 그곳으로 달려가

구부러진 나를 화로에 던지며

다시 태어나요

* 벌컨Vulcan: 이탈리아에 가면 베수비오 화산이 있다. 이 산의 분화
  구 밑에는 벌컨이라는 신이 웃통을 벗고 시뻘건 쇠망치를 내리치는
  대장간이 있다는 로마신화를 인용.

우리는 붉은 매듭일까

단단한 계단이 발자국들을 받치고 있는 줄 알았어
벽이 붉은 담쟁이 넝쿨을 잡고 놓지 않는 줄 알았어
오래된 산이 육백 년 된 은행나무 뿌리를 키우고 있는
줄 알았지

푸른 이끼가 암컷의 나무 덩치를 칭칭 감을 때, 몇 마리
의 개미가 두근거리며 부풀어진 나무의 유두를 문지르고
있을 때

온몸이 캄캄해지는 수컷 같은 이끼가
허리에 앉은 바람을 끌어모으며
제 몸속 어디쯤에 가두어 몇 번인가
부풀렸다 가라앉히기를 몇 해째

오랫동안 발효된 나는 아무도 모르게
너의 음표들을 모아 음영을 만들었지
네가 모를 때 눈을 감고 도레미파솔라시도
음표를 혀 안으로 굴리며 눈을 감았지
조금씩 아주 조금씩 미묘하게 너를 아편처럼 먹었지

산의 오르막이 슬그머니 등허리를 내밀고는
멀리서 걸어오는 나뭇잎과의 간격을 모르는 척할 때
네가 내 곁으로 가까워질수록 두근두근하기를 몇 번

첫눈이 오고 녹고 애인의 등허리에 쌓이는 무늬들
우리는 어긋나면서 어긋남이 서로의 어깨에 닿을 듯
말 듯
오, 이 모두는 배고픈 것들로부터의 시작이라는 것이지

꽃들이 열리고 그곳에 바람이 아기를 슬어놓고 떠나갈 때
침대 모서리에 남겨진 나는 당신의 등줄기에
구부러진 몇 개의 마른 늑골을 따라갔지
아무렇지도 않은 듯 내 닳은 입술로 시든 몇 개의 사과
씨를 뱉어냈지
당신이 무릎을 잠깐 구부렸다 펴며
나를 살짝 돌아보는 것도 모르는 채

가랑잎, 가랑잎

수천의 바람새 떼가 내 안에 날아들어
나를 허물기 시작해요
겨드랑이부터 늑골까지

숨죽이며 지냈던 청춘의 기억, 잔가지를 잘도 찾아내요
저 구석 비밀의 방
불의 방

단단한 한 그루 때죽나무 가죽처럼 무던해지고 싶었던
한 번도 열 수 없는 두려운 방이에요

바람이 그 방에 들어 허물기 시작해요
단단하게 쥐고 있었던 벽부터 천천히 경계를 지워요

땅끝 깊은 벼랑까지 내려가서야
짓무르게 아프면서 가벼워지는 길인가요

바람의 파동으로
내 안, 들숨 날숨으로 날아들어 허무는 빛나는 썩음

언제부터인가 내 몸이 텅 빈 한 잎 가랑잎인 것을

누군가가 내 안에 초록 물들게 하고

내내 이 한 몸으로 지상에서 길을 걷고 걸어왔으니
그것이 삶의 풍장이 아니고 무엇이겠는가, 라고
마른 가랑잎처럼 지상에서 소멸되기 위해

더는 가벼워질 수 없을 때까지

헌 옷집의 둘레길

둘레길을 걷듯 헌 옷 수선집을 가는 길
감나무 이파리 골목길을 돌아갈 때쯤
들고 있는 이 낡은 옷들이 갑자기 내 피붙이처럼
싸하니 아리고 아파왔다

어둠의 음영을 가난으로 꿰매곤 했을 무렵의 이야기
바늘을 검 삼아 온갖 궁핍과 서러움에 당당히 맞섰던
몇 개의 수술 자국이 마른 잎처럼 말라가던 그녀의 몸은
봉합 자국 서넛이 헌 옷처럼 꿰매졌었지

가끔 내가 헌 옷을 들고 헌 옷집으로 수선을 하러 갈 때
몇 개의 실타래 같은 낡은 내 가족사가 아파와
마실을 돌곤 했던 나의 골목을 생각했다
대문 밖 저편 쓰레기통 옆, '헌 옷 취급함' 위에 남겨진
누군가 놓고 간 헌 옷들
제발 저 옷들이 어디론가 가서 새 삶을 살았으면 하다가
저 옷들도 반짝이는 마음의 눈으로
먼 여행길을 기다리는 것이라고 생각했다

헌 옷 수선집을 가는 길은 동네 마트를 지나고

은행나무 몇 그루, 자귀나무가 있는 교회를 지나
빛나는 쇼윈도 지하에 있다는 것도 생각했다

어쩌면 우리는 세상의 지하에서
헌 옷들을 걸치고 살아가고 있는 것
나는 아직도 헌 옷집을 가듯이 세상의 둘레길을
마냥 돌고 있는 것이라고 생각했다

쉿

쉿, 초록의 지명을 공부하기로 해요

여름 소나기 내린 뒤
더욱 투명해진 연두 잎맥을
적갈색긴가슴잎벌레의 애벌레가 어두워지며 길을 잃어요

아삭아삭 소리도 없이 텅 비워지는 초록의 잎과 잎 사이
를 건너요

서늘하고 넓은 떡갈나무 아래를 지나며
달과 함께 깃들며 온밤을 지새웠겠죠
지난겨울의 폭설을 맞이하고 더욱 깊어졌을 몸의
나이테를
겹겹의 둘레들을 돌며 잎을 다 발라내는
저 몰입의 세계를 보아요

이름 없는 벌레들이 낳은 한 알 한 알의 투명함을 보아요
나무의 가장자리를 쉿쉿거리며 돌다가
지나가는 바람을 따라나섰다가 겨울 내내 폭설 속
나무의 지층에서 겨울잠에 들었을

적갈색긴가슴잎벌레의 종족들을 보아요

다시 태어나는 그들의 마음과
그들이 내딛는 느린 걸음을 배워야지
잔가지마다 제 몸의 무게만큼 쌓여가는 눈 내리는 소리를
들으며 낮잠을 자야지

작아질수록 눈은 더 맑아진다는 것
애벌레의 길을 따라가 보면 알아요
아주 작은 것들이 깊고 느린 언어로
달빛의 창문을 똑똑 두드리는 저녁,
잎 속에 잠든 어두운 적막은
촘촘한 어린 벌레들의 사막이에요

새의 유서

새들은 유서를 공중의 국경에 꾹꾹 눌러썼다
끝내 날개 접지 못한 누군가의 죽음에 대하여
새 떼들은 날개를 손수건처럼 펼쳐
하늘에 뿌려진 눈물을 닦으며 날아다녔다

새의 호주머니에서는 늘 낡은 구멍가게 같은 이야기가
하나둘씩 걸어 나왔다
누군가가 밤새워 붉은 피로 적었을 얼룩진 말들
어린 연두는 잎을 토해내고 있었다, 라고 말하려다가
폭설로 삭아 부러져 버린 나무줄기들의 절망과
어느 어미의 질긴 밥그릇에 대한 울음의 말들까지

새들은 막막해지면 여백들을 하늘에 남겼다
가끔이면 담벼락 사이로 지는 꽃잎들을 밟고 지나가는
행인들을 바라보며
절망의 병病이 순간의 고통일 뿐이라고
발에 밟힌 어린 꽃잎들을 주워 책갈피에 꽂았다
밤새도록 꽃들의 절망을 접어 꼭꼭 담금질하여
날개깃 사이에 품기도 했다

때론 새들도 지쳐 내려온 낮은 지하 단칸방
새는 지상에 머물지 못하는 삶을 받아들이려고
밤새도록 날개를 파닥였다
아 나는, 다시 태어나면 식물이었으면
이왕이면 비옥한 산등성 서어나무라는 이름으로 태어났
으면
흩어지는 물결로 오랫동안 반짝거릴 수 있었으면

지상에서 내쫓긴 새들은 오늘도 잠들지 못한다
이따금 어둠을 빌어 잠시 날개를 접을 뿐
한줄기 울음을 물고 이방인으로 이국의 새벽을 날아오
를 뿐이다

입하立夏

병이 나지 않고는 저 초록을 건널 수 없어요
숲의 언덕을 오르다가 나는 병이 나고 말았어요
손이 닿을 수 없는 절벽 사이로
무수하게 돋은 여린 싹들
꽉 찬 겨울의 허물을 벗으려다가
봄볕 아래 알몸이 되어버린 저 여린 것들
나는 이 음역들을 다 읽을 수 없어요
수천의 어린 젖가슴들이 유두를 띄우며 돋는다, 라고
이해하려다가
세상의 아픈 것들이 다 이곳으로 와 새롭게 시작하려
한다고 말하려다가
시작하려고 하는 것들과
돋으려고 하는 것들 사이에 균열이
아주 작은 틈으로만 열린다는 것을 이제야 알았어요
저녁이 오면 햇살 하나하나가 물결 같은 어둠을 몰고 와서
여린 잎의 몸으로 들어서는 이곳
어찌 병에 들지 않고 이곳을 건너겠는가
오 내 몸의 균열로 들어서는 초록
나는 참지 못하고 이슥한 밤이 오면 타라 여신처럼
반라의 몸으로 시바 신의 성전으로 스며들 거예요

산산이 부서져 파멸당하더라도

기어이 저 초록의 음역들을 훔쳐 오고 말 거예요

내 귓속에는 박쥐가 살아요

내 귓속 동굴까지 폭설이 쌓이는 밤이면
박쥐가 돌아와요
날개로는 고단했던 삶을 감싸 안고
젖은 발로는 능선을 넘어
고단한 어깨를 내 귓속 떡갈나무 숲에 내려놓아요
평생을 거꾸로만 매달려 늙어버린 날개를
마른 침을 뱉어 닦고 닦아서 선반에 올려놓아요
내 가슴에 피어난 잎사귀의 푸른 등은 아직 연초록이어서
스무 살 실연에 생긴 생채기조차 아물지도 않았어요
따라온 오래된 소문들은 날갯죽지를 타고 와서 시끄럽
게 윙윙거려요
나는 무덤처럼 적막해져서
낡은 신발을 질질 끌며 마당을 돌아요
고독에 심취한 늑대처럼 밤하늘을 올려보아요

기실 내 젊은 아버지는 바람을 따라 일찍 떠났어요
거꾸로 매달려 사는 종족을 따라갔다고도 하고
방울새의 노랫소리를 따라갔다고도 해요
아버지의 피를 물려받은 나는
스쳐 지나가는 바람 소리에도 휩쓸릴까 봐

늘 소스라치며 엎드려서 가슴을 쓰다듬었어요

오늘처럼 폭설이 내 귓속까지 쌓이면
죽은 아버지가 박쥐로 돌아와요 새벽이면
내 귓속 달팽이관 선반에는 불이 켜져요
돌아온 아버지가 엎드려 움츠리고 잠든 내게 와
자신의 겨드랑이 날갯죽지 하나를 빼내며
부드러운 구름 만지는 법과
바람에 저항하는 법을 소곤거려요
'오, 내 귓속은 죽은 아버지의 은신처예요'
아버지는 더욱 허리를 구부리고 상수리 잎을 엮어 거울
을 닦듯
내 귓속의 소문을 하나씩 닦아주며 말해요
'얘야, 바람을 두려워 마라'
죽은 아버지는 오른쪽 나는 왼쪽으로 누워 잠이 들어요

겨울 등나무 밥상

구불구불한 동네 입구
검은 얼굴의 사내가 들어서요
더덕더덕 생계를 매단 낡은 구두창을 끌고서,

혀의 말을 거두고
침묵을 들여 놓은 겨울나무의 마지막 한 잎이
제 몸의 무게를 이기지 못해
사내의 어깨에 기대어요

나뭇잎을 어깨에 얹은 사내는
검은 의자에 거친 숨을 고르며 앉아요
덤불에서 눈 비비며 나온 어린 참새들
주섬주섬 사내의 낡은 구두코에 앉아요

사내는 덤불 속 어린 새들의 아비예요
돌아온 아비는 낡은 안주머니에서 알곡을
꺼내 주섬주섬 새들 앞에 내놓아요
사내에게 전부인 몇 개의 동전을 털어 사 온 모이를
새들이 먹어요
겨울 땅은 꽁꽁 얼어 알곡조차 뿌리내리지 못하는데

가난한 사내의 호주머니는 새들의 양식으로 성찬이네요

구부정한 사내가 고개를 조금 더 숙이며 허공을 향해
지문 없는 손을 내밀어요
어린 새들이 제 날개를 펴며 더 높이 날아올랐다가
파드득 내려앉으며 모이를 먹는 시간

구부정한 사내가 옆으로 고개를 돌려 하늘을 올려보아요
바람이 잠깐 사이 사내의 옷 사이를 관통할 때
닳아버린 검은 손톱으로 사내는 제 목덜미를 만지작거
려요
묵은 곰팡이 핀 벽지처럼 거뭇거뭇 핀
목덜미는 아직 겨울 길이 캄캄해도
식솔들이 웃으니 등나무 사내도 웃어요

포플러 한 그루 내 귓등에서 자라네

그대 귓등의 수호신은 여름 포플러 한 그루
당산나무처럼 그곳을 지나지 않고는
아무도 그 귓속 마을에 들어설 수 없다네
마을 입구의 시냇물은 한 그루 젖줄을 놓아 포플러를 키
우고
포플러 옆으로는 죽은 새 한 마리의 무덤
나는 가끔 새의 무덤을 지나와
포플러 잎의 음유시를 듣곤 한다네
세상이 다 나를 버렸다고
고아처럼 아플 때
난 그대의 귓등 포플러 아래에 들어서고
어둠 한편을 밝히는 촛불도, 한 자루의 향도,
꿇는 무릎도 없이
지친 내 다리를 그곳에 눕히고
이명으로 아픈 내 귀도 누이고
포플러 잎들처럼 나부끼며 노래를 따라 부른다네
그럴 때면 내 귓등으로는 새의 혼이 날아든다네
세상의 모든 금지된 것들을 불러들여
젖줄처럼 자라게 하는 포플러는
보름달이 뜰 때까지 나를 불온으로 익어가게 한다네

나는 나무 아래에서 무녀처럼
춤을 추기도 한다네
그럴 때 내 무병은 나무의 잎사귀처럼
바람에 온몸 뒤집히며 새를 불러들인다네
난 아프면서 포플러처럼 아주 조금 자란다네

꽃 지는 배롱나무

어디에서 왔는지 날고 싶은 저 자유는
바람으로 와
깊고 서늘한 배롱꽃의 동굴까지 와서는

꽃의 이마를 짚어보네요

낯선 숲을 건너오느라 애쓴 나무의 아픈 생채기를 닦아
주고, 멀고 먼 바다를 건너온 아픈 다리를 만져주고, 굽은
배롱나무 등허리 계곡까지 이르러서는 푸른 이끼로 꼭꼭 눌
러주네요

용케도 먼 숲과 바다를 건너왔어

오래전 어떤 씨앗 하나가 길게 뻗은,
외곽의 줄기를 차고 들어와
속 깊이 겹겹의 둥근 성곽을 쌓기 시작할 때

오, 꽃 피던 배롱나무, 그녀는 천천히 껍질이 되기 시
작해요
하나를 키우는 건 하나를 지우는 일

배롱나무, 지금 다시 꽃을 지우네요

비로소 자신을 보는 눈은 꽃 지는 그날부터라는 것
제 뼛속까지 내려가
환한 뼈를 능선처럼 드러내며 꽃을 지워요

저 흰 뼈 같은 꽃

어느 부족의 전통은

어느 부족의 전통은 무릎을 꿇는 것이라네
어느 부족의 전통은 무릎을 꿇는 것이라네

아이야 무릎을 꿇고 마루를 닦아라

낙타처럼 무릎을 구부리고 다시 일어서 보렴

지하실 어둠 속에서
무릎을 구부리고 걸레를 한번 빨아보렴

눈부신 세상을 알려거든
네 거친 무릎을 꿇고
네 안의 긴 계단을 지나
우물 같은 거울에 얼굴을 비추어
깊은 허무를 먼저 만나야지

어느 부족은 무릎을 꿇는 것이 전통이라네
어느 부족은 무릎을 꿇는 것이 전통이라네

무릎을 꿇고 구석구석 닦다 보면

깊고 음침한 누군가의 허무까지

반짝이게 닦을 수 있다는 것을 알아간다네

검은 새

저 어두운 깃털에 내 얼굴을 숨기고 싶어요
그리고
늦지도 빠르지도 않게 들로 나가고 싶어요
나의 얼굴을 씻기에는 어둠처럼 상냥한 빛깔이 없으므로
망설임 없이 나를 버려두고
저 깜깜한
여든아홉 개의 어두운 색채에게로 다가가요
어두운 당신에게서 이해받고 싶어요
가령 해가 지는 풍경을 당신이 내게 말할 때
그 말에 가까이 간다는 것이
얼마나 어려운 일인지
아는 당신은
환한 대낮에 서서히 지쳐가는 나를
조용히 어루만져 줘요
사람들의 얼굴들도 다들 상기되어
신발도 없이 어둠 속으로 몸을 감추어요
어둠은 그동안 얼마나 나를 위로했는지
그것만으로도 내게는 귀한 날개예요

제4부

기둥

한밤중에 뒤척이다 보고야 말았다

반질반질한 굽은 허리로
사각의 지붕을 두 팔 벌려 떠받들고 서 있는 주검
기둥으로 누워 기둥으로 깍지를 끼고
꿈적도 않을 것 같은 굳은 결의로 그는 서서 자고
서서 먹고, 누워 걷고, 누워 기고
나는 굵은 나무뿌리를 본 적이 없지만
초록의 꿈 아프게 아프게 모두 도끼로 쳐내고
누우 떼처럼 중심에 누워
"아가 나를 밟고 지나거라"
가끔이면 늦은 저녁 뒷산에 올라가
지친 마음 바람에 내려놓고
가슴에 품고 살아온 무딘 칼날은 흙 속에 묻어놓고
제 관절의 마디마디를 거친 사포로 문질러
스스로 허리를 굽어 제 몸 모서리를 엮어
저승으로 건너갈 배 한 척 없다 해도
용케 살아있는 게 용하기도 하지,
온갖 굴욕을 대못으로 박고 또 박은
저 주검의 광채
아버지

초록 나물

풍風에 좋다는 초록 나물이 있다고 해요

한 번도 본 적 없는 초록이 어느 날부터 내 귓전을 오르내
리면서 들고나면서 알았어요

아마 초록 나물은 어디론가 떠나는 바람을 다 거둔 탓에
풍에 좋을 것이라는 생각이 들었어요

풍風이라는 말은 바람이라는 말과 내가 좋아하는 초록이
란 말의 합궁인데
　바람을 꽉 채우고 초록이 된
　나물의 히스토리가 궁금해졌어요

　기실 나는 지금 초록이라는 말과 바람을 모아
　내 몸에 꽉 채우고 어우르고 있는 중이거든요

　나의 한쪽 팔과 한쪽 다리는 초록에 부풀어
　바람처럼 떠나간 그녀를 불러요
　나물의 욕조에 내 팔과 다리를 담그고는 오래된
　그녀의 냄새를 자꾸 맡아보아요

나를 낳아준 내 원시의 양수가 초록일 거라고
초록 나물이라는 말을 내 목울대에 넣고 내내
하루를 한생처럼 보내요

프로펠러

더듬더듬 더듬는 것은 물길이 아니고
늘 제 마음속이에요
매일매일 마음의 계단을 오르고
돌기둥을 더듬어 돌며 하루가 다르게 자란다고
혹은 변한다고 생각했어요

나는 늘 내 안에서 프로펠러처럼 돌아요
잊어버린 것들이 내 안에서 우물 속 이끼처럼 자라는
소리의 몸
몸이 소리를 내면 메아리로 돌아오는 우물 안
제 소리를 물고 조금 더 자라곤 해요

아직 이정표를 잊지 않은 새가
국경을 넘듯 내 안을 다녀간 뒤에야
기다리지 않은 비가 조금 내리곤 해요
그럴 때쯤에야 깎이고 깎인 내 마음은 조금
바다처럼 깊어졌다 다시 넓어져요

붉은 불이 켜진 이국의 카페에 앉아
지도를 들여다보는 일이

제 안의 깊이를 들여다보는 일이라는 것을 막연히 떠올려요

지도는 바깥에 있는 게 아니다 내 마음 안의 국경에 있다고

오늘도 낡은 지도 하나를 품고 다시 잠드는 나는

매일 지도 속 프로펠러로 깎이고 깎이며

점점 둥글어진 채 날아올라요

익명으로, 숨어들다

슬금슬금 숨을 곳을 찾아 서울로 날아들었지
내게도 익명이 필요한 시점이 되었거든

열두 개의 가면이 필요한 시점을 제때에 알아차린다는
것은
예사로운 일은 아니지, 남들이 너를 파헤치고 싶을수록
익명으로 더욱 단단한 껍질을 뒤집어쓰지
사실 서울에도 별은 있어, 사람들의 눈동자에서 가끔 흔
들리는 별
말하건대, 누구든지 가끔은 누군가에게 몸과 마음을 뉘
고 싶어 하지
그곳이 작은 날개를 가진 딱정벌레의 그늘이어도 괜찮아
어떤 사내의 호주머니에 숨어 오랜 잠에 들어도 괜찮아
지루한 한 생을 열 개비의 생각으로 엮어 입에 물고
성냥불을 그어 붙이지, 그렇게 공허가 연기로 타오르면
적당히 웃고 남은 냉소는 담배꽁초처럼 버려지겠지

적당히 나무가 자라고 인공 호수가 흐르는 곳
익명의 콘크리트 밀림 사이로 방부제도 첨가된다지
방향 없이 일단 달리고자 하는 사자성들을 조심해야 해

가장 조심해야 할 것은 바로 으르렁거리는, 내 숨소리
몇 개의 달이 지고, 몇 개의 혹한의 빙하가 도시를 덮으며
지나가겠지
그럴 때 하염없이, 하염없이 돋는 어린 새순같이 돋는
내 아픈 몸의 반점, 저항하며 생기는 면역의 병病,
원석의 돌들이 콘크리트에 묻혀 가며 주춤거릴 때
아스팔트 도로가 무성해지고 틈새는 적당히 기워지겠지

서울의 공중 공원에도 포플러들은 자라지
누군가는 잠잘 곳 한 평 없는 지상의 숲
그곳에 내가 숨어들었다는 것이지

저기, 등꽃이 피어요

앞서거니 뒤서거니 걷던
내 스무 살 시절이 있었어요
독한 상처 자국을 옹이 삼아
숨죽인 낙타가 되어 가파른 언덕을 오르던 시절요
눈발들은 낡은 초록 양철 대문 안으로 쏟아지고
토방 위 서러운 신발들은 옹기처럼 엎드려
어둠을 온몸으로 받아내던 시절요
우리는 등나무처럼 엉겨 붙어
서로의 체온으로 추위를 녹였지요

올겨울 문득 길을 가다
내 스무 살 시절 같은 등나무의 검은 허리를 보아요
전혀 잎이 날 것 같지 않은 검은 몸
굽고 검은 웅크린 저 몸은 언제쯤 풀리려나
어찌 살아가나 했는데
어느 날 등꽃이 활짝 피어요

겨우내 말라비틀어진 등나무의 몸에
연한 새순이 돋으며 저렇게 꽃이 활짝요
봄바람을 딛고 일어선 등나무 줄기마다 매달린 저 보라

색 꽃불
　　겨우내 찬바람만 들고 나던 엉긴 등나무 실오라기 손이
　　봄의 언저리에서 싹을 움켜쥐고
　　다시 꽃이 필 수 있다는 것
　　나도 어머니처럼 살아낼 수 있다는 것

　　어머니, 저기 등꽃이 피어요

칸나의 벼랑

꽃과 꽃 사이로 피어있는
곡선끼리의 막다른 사선이
실은 칸나의 벼랑이야
꽃잎의 겹과 겹이 서로 얹혀 서로를 사랑하여
생은 저렇게 깊어져서 피어오르는 한 장의 꽃잎
당신이 꽃잎 한 장을 내 어깨에 얹고
꽃으로 피면
나는 세상에도 없는 단 하나의 꽃이 될 수 있겠어
당신의 고요가 깊어 상처의 그늘조차 더욱 깊어져
내게 한 송이 꽃으로 남아 내 혼에 고여주면
나는 어두운 눈을 뜨고 드디어 꽃이 될 수도 있겠어
꽃이 될 수 있다는 건
간절한 것들이 암벽 같은 벼랑 끝에까지 가서
간신히 서야 될 수 있다는 것
사시사철 벼랑 끝에 서서 아픈 중력을 포말처럼
부딪치며
온 힘을 다해 살아내는 생이
꽃이라면
잔가지에 만월처럼 꽃으로 피워 올린 저 칸나
저녁이면 슬그머니 낮 문을 닫고 벼랑을 차고 오를 테지

칸나가 벼랑 끝에서 웃고 있는 것은
지독한 생의 간절함 때문이야

카뮈의 저녁

사내는 담배를 물고 막차에 올랐어요
어두운 막차에 빈 병처럼 자신을 던졌지요

오른손으로는 마지막 남은 꼬깃꼬깃한 지폐를 꼭 움켜쥐
고 왼손은 수타면 같은 제 손가락을 만지작거려요 막차는
퍼질러져 거친 어둠 속을 질주하고 사내가 정글 속 시시포
스 언덕을 찾아가는 밤이에요

사내는 유영하는 바닷속으로 첫발을 내딛어요

중얼거리는 가슴속 몇 마디가 설익은 밥알처럼 속을 찔러
대고 시퍼렇게 날 선 비수만이 사내의 거친 눈썹에 매달려
바람을 타요 다시 돌아가고픈 날들이 과연 남아있는가 찬란
했던 그러나 허름해져 버린 나날들과 오히려 거친 바람만이
하얀 나비의 날개깃으로 사내의 목덜미를 스칠 뿐

저녁 안개는 강물처럼 차올라 이미 젖을 대로 젖은 솜처
럼 도시의 언저리를 맴돌아요 최초로 쏘아 올린 사내의 시
위 살은 다시 사선으로 돌아왔어요

나비의 날개는 부러졌어요

굴러오는 삶의 바윗돌 무게를 향해 겨눈 거친 사내의 반
항은 저문 하늘에 쏘아 올린 종이비행기로 제자리를 맴돌다
땅바닥에 고개를 처박아요
그렇게 지금 사내는 또 다른 생의 첫차에 그를 던져요

두고 온 부도난 살림과 아내의 환영만이
폐부에 가득 풍선처럼 위태롭게 차올라요

그늘나무 한 그루쯤

속 넓은 바다에게도 그늘은 있어
물살이 일어나면
그늘이 사라진다는 것을 알았다

그때쯤은 나도 그늘나무 한 그루쯤 생길 무렵이어서
그늘 속에 있을 때 더욱 편안해지는 것인데
하루에 한 번 그늘나무에게 물을 주고
말을 건네고 어린 왕자처럼 나를 길들이는 것인데
어느 날은 그늘나무에게 푸른 문을 달아주기도 했다
어두워지면 그늘은 사라지는 것처럼 보여 쓸쓸한데
오랫동안 들여다보니
어두운 그늘 속에도 수많은 색채가 살고 있었다

새벽의 어스름 청색이며, 저녁에는 산등성이에 걸쳐있는
어두운 푸른색이며
원래 색이란 가장 거부하는 색을 띠게 되는 것
처음에는 그늘에게 색이 없는 듯 보여
기억 속의 색채가 없나 했었다
그러다가 그건 그늘이 무한정의 색채를 지녔다는 뜻이
라고 믿었다

114

설마 사람 사는 것 또한 자신이 거부하는 길을 가는 것
은 아닐 거야
살아있다는 것은 결국 수많은 모순을
만들어내는 것이라는 말

그늘을 좋아하는 나는 적당한 거부와
모순을 스스로 즐긴다는 것인데
가끔 모순의 문과 거부의 빗장을 가져
수많은 실수를 경험하는 건 아니겠지

나의 불완전이 나를 그늘 속에 있게 하여
그늘 밖의 너를 늘 바라보다가
불완전과 허물과 모순의 그런 그늘나무를
한 그루 가지고 사는 당신이면 좋겠다는 생각, 그래서
당신이 그늘나무라면
내가 사랑하지 않고는 못 배길 것이라고

나비 박제

수많은 나비가 벽의 못에
벗어놓은 옷처럼 걸려 있다
누군가 방랑하는 나비의 길을 따라가
휴식하는 동안
나비의 찰나를 낚아챈 듯
박제된 채 유리 안으로 가득하다
나비가 짚어온 지구의 무게를 가늠한다면
소유를 꿈꾸는 사람이라도
나비조차 하나를 취해야 한다고 생각하지는 않을 텐데
가볍고 가벼운 채로 중심의 무게를 모두 지우고야 마는
여린 힘의 마력
그 힘을 배우는 데는 나비가 제격이었다
누가 저토록 가벼운 날개로 허공을 가로질러 무無로 변
하는
부드러운 곡선을 가졌는가
참 이상도 하지
어릴 적 생각 없이 나비를 잡다가 날개를 부러뜨린 기억
나비를 두고 돌아선 후로
아름다운 건 어떤 것도 가질 수 없다는
슬픔의 동질성을 먼저 배웠는데

박제된 나비를 벽면에 가득 채우고야
누군가의 식욕은 멈췄을까
그건 누구의 탓도 아니다
내 안에 으르렁거리는 식욕 앞에서
나비처럼 여린 나
두려움에 박제되어 가는 내가
혹,
저기 어디쯤에 걸려 있나

불타는 사원

내 몸, 사원의 태초는 불이에요

불로 빚어진 붉은 항아리, 그 항아리의 겉은 반질반질한
유약으로 발라져 태초의 불은 잠자는 듯 조용해요

불을 잠재우기 위해 걸었던 오랜 시간
이제는 조용해진 듯한데

내 심연의 뜰 사방의 허공에 여기저기 무덤이 있어요
오래된 나의 무덤이에요

한 무덤을 지나 또 다른 무덤 사이를 지나
어떤 무덤에 다다랐을 때
나를 묻은 무덤 하나와 또 다른 나를 묻은 무덤이
그리고 수많은 사람들 사이에 다시 살아난 내가 서 있
어요

작열하는 태양 아래 서 있던 나는
다시 뜨거워져 그늘 속으로 뛰어가면서
살아있다는 것은 불타고 있다는 것이라고

이 화염의 강을 지나면
독을 지우고 초록으로 태어날 수 있는지요, 라고

불의 신은 나를 유약으로 바르고 살아있는
나는 허물어진 담벼락 사이에서
여러 개의 마음을 가진 나팔꽃으로도 피고 지고

내가 아니고 너로서 평생을 살다니요
언제쯤 너를 벗어날 수 있을는지요

북

내 안, 깊은 심해의 바닥까지 침잠해 내려가 보면
붉은 벽
붉은 천을 덧댄 벽이 보이지

벽을 한 번 보면 호랑이 무늬
천천히 걸어 더 깊이 들어가 보면 불화처럼
몇 겹의 무늬가 숨어들어 와 일가를 이루고 있지

살그머니 쪽문을 열고 들어가 보면
더 단단한 벽으로 둔갑하여 북으로 거듭난 그대가 살고
있지
몇 겹의 무늬들이 바람처럼 들어와 배접으로 묻혀 있고
몇 개의 방황이 길을 잃고 북소리로 숨어들었지

어쩌면 누구든 살고 싶어서 죽고 싶었을 것이야
수없이 제 안에서 죽어버린 것들로 덧대어져
잘 마르고 말라야 청명한 소리를 낼 수 있는 것이지
때로는 항호르몬의 저하로 벙어리가 되었어
가슴은 뛰어야 하는데 북은 소리를 내야 하는데

누군가를 기다렸지 누군가가 소리를 들을 거라고 믿었어
수많은 어두운 나날을 걷고 또 걸었어
그리고 고아처럼 아무도 의지할 수 없을 때
몇 개의 별이
내 안에서 등대처럼 하나씩 하나씩 태어났지

하나의 어둠에 하나의 별이, 하나의 별에 하나의 등대
캄캄한 어두운 저녁에 무심히 태어나는 만월의 숨소리
도 들었지

심장을 두드리는 북소리

멀리에서 돌아온 푸르른 새벽이 조금씩 아주 조금씩
내 심장 사이로 배꼽을 디밀었지

밀랍 인형

습관에 길들여진 나는
습관 마을로 들어서죠
그대는 모르지만 이미 나는 길들여진 자동인형인 걸요
푸르스름한 가공된 생각은 이미 나를 매혹시켰죠
열두 개의 만들어진 내 웃음을 보며
그대는 진실을 말하라 하네요
나는 웃어요, 진짜를 모른 채 웃어요
고양이에게 물어볼까요
어두운 고양이의 눈동자를 들여다보며 말해요
사랑을 안다구요
부유하는 나는 어디에도 없는걸요
그대에게 닿으려고 몸부림치는 것은
그대에게 닿을 수 없다는 것을 알기 때문이죠
밀랍 인형의 내부가 궁금하지 않나요
돌로 쳐 보세요
죄 없는 자 돌로 쳐보세요

자유를 팝니다

메일을 적어주세요 당신에게 구름을 배송하리니

메일을 적어주세요 당신에게 비를 배송하리니

메일을 적어주세요 당신에게 저녁 바람을 배송하리니

메일을 적어주세요 당신에게 숲을 배송하리니

메일을 적어주세요 당신에게 소나기를 배송하리니

메일을 적어주세요 당신에게 울음을 배송하리니

아침과 저녁이 경계를 겹치듯 햇살과 빗방울이 당신의 입술에 겹칠 때, 나는 구름처럼 모습을 바꾸어 숲에 내리는 빗방울이기도, 한차례 지나가는 소나기이기도, 당신 보낸 후 다시 내게로 돌아오는 먼 길이기도, 바람 한 점 없는 한나절을 우두커니 서서 당신을 기다리는 연인이기도, 인디언처럼 숲에 들어 옷을 벗고 병을 낫게 하듯, 내 호리병을 열어 바람에 날아가는 그늘 속 모퉁이, 달랑 달랑 잎사귀들이 나부끼며 햇살 한 줌 몸을 비틀 듯 아무렇지도 않게 진열된 기호들

메일을 적어주세요

당신에게 두근거림을 배송하리니

가랑잎 흑백사진

축구를 좋아했다던 스무 살 청년이
플라타너스 긴 벤치에 앉아있어요
익숙한 눈매는 웃고 있지만 눈 안의 웃음은 왠지 슬퍼요
나는 당신의 곁에 앉아보네요
내 웃음이 날아가 당신의 어깨로 내려앉아요
그런데 웬일일까요
무엇이 내려앉아도 튕겨 나갈 것 같은 어깨가 휘청하네요
끄떡없을 것 같은 단단한 등걸 위로 허공이 내려앉아요
허공 위로 배롱나무 꽃잎을 날려보네요
꽃잎이 내 볼을 스치듯 지나가요
지상으로 날아가는 사진 속의 가을은 노래를 부르네요
허물어지지 않기 위해 몸부림쳤던 나날들이 잎새처럼 출
렁거려요
당신의 마지막 시트를 기억해요.
사위어버린 당신의 등걸 위로 밤새 내리던 어둠을 기억
해요.
배롱나무 줄기처럼 다 사위어버린 자신의 몸을 보며
청춘을 더듬었겠죠
언젠가는 나의 생도 당신처럼 사위어
깊은 그늘이 자랄 때가 오리란 것을 알아요

우리 모두는 정해진 시간 속에만 머무는 것을요
어제는 당신의 무덤가에서 하루를 보냈어요
풀을 뽑고 어린나무를 심었지요
흙을 퍼나갈 때 흙이 제 몸을 비워 내며
나무뿌리를 받아들이는 것을 보았어요
당신이 진정으로 나를 받아들여 주었던 것을 알아요
가랑잎 흑백사진 속의 청년은 아직도 청춘이네요
아버지의 청춘이 사진 속 꽃잎에 얹혀 눈이 부셔요

플라타너스 지도

물든 가랑잎을 보려고
곁에 있는 나무에 손을 얹었다가
거칠한 감촉의 플라타너스 긴 등허리의 지도를 본다
덩치 큰 나무의 허리마다
여러 개의 반점이 지도처럼 선명하다.
그 고물고물한 지도를 따라 여행길에 오르다가
이정표 하나하나 읽어가다가
문득 어디서 본 듯한 또 하나의 지도를 읽는다
늙은 배에 사선으로 난 깊은 나무의 수술 자국
너도 모진 고생 끝에 얼룩진 지도 한 장 멋있게 그려냈
구나
지도 속에는
동쪽으로 흘러들어 온 이름 없는 외딴 섬도 한 채 있다.
겉으로는 단풍 들어 가랑잎 한 잎 두 잎 떨구며 태연하
지만
플라타너스 속내
구부정한 허리로 애벌레 되어 사각사각 지도를 새기며
더듬어온
길모퉁이의 거친 바람 끝

무심코 떨군 가랑잎 속, 가만히 들춰보면
나무의 일생이 한 잎 속에 고즈넉이 고여있다
다시 한 잎의 밑둥 들어 올려보면
탈골된 주검 한 채
가만히 나무를 키우고 있다

돋아난다, 연두

겨우내 깊어진 마음속 길
우울하고 맑은 적막을 따라 당도한 곳은 악양의 이른 봄
나를 따라온 먼 길은 아스라이 한 점뿐이다
아니 지나온 것들은 모두 한 점뿐이다
거친 모래바람이 내 눈동자 강물 위로 지나가
눈 비비고 보니
허공 속 수천의 날개가 한 채의 봄빛으로 서 있다
연두다
그것들도 외롭고 거친 겨울을 지나오기는 마찬가지여서
길옆 긴 강의 수심으로
여기저기 깊은 물결로 발자국을 내었다
빛의 발자국에 여기저기 태어나는 저 연두
연두의 순수가 깊은 겨울을 걷어냈다
보리 끝 맨발에 엉겨 붙은 수천의 물결들이 연두가 되
었다
오호라, 어제의 어둠들이 만월처럼 차올라
허공 걸린 내 눈에도 연두가 고여
이곳까지 왔구나
호수처럼 가득하다 출렁인다
그렁그렁한 연두가 내 몸에서

발자국을 딛고 어린 맨발처럼 돋아난다
오, 싸하니 번지는 달콤한 아픔이다

면경面鏡

생이 내게 큰 면경이라는 것을 알았어요

수많은 사람들 속을 거닐면서

누군가의 곁에 오랫동안 머무르기도 했으니

어떤 이의 손은 너무 차가워서
나는 따뜻한 난로에 손을 덥히기도 했어요

휘청이는 너의 어깨를 보면서
나의 어깨가 휘청이는 것을 알았어요

참담한 너의 아픔을 보면서
나의 생 앞에 무릎을 꿇기도 했어요

겹겹의 내 허물을 벗으며 그때서야
네가 나에게 벗은 것이 허물이라는 것을 알았어요

거울이 된 모든 것들

어느 상점 앞 거울 앞에서 나를 오랫동안 바라보았어요
나를 보는 거울
눈 내리는 거울 안

풍경 속에서,
오랫동안 아주 오랫동안 서 있는 여자를 바라보았어요

눈물 고인 꽃잎 한 장
물끄러미

별똥별 쏟아지는 캄캄한 밤

고통이 하나 지나가고 웃음이 하나 지나가는 밤
이제 나는 아름다운 서정시를 이야기하고 싶지 않아
내 옆구리 통증이 아직도 가시지 않은 일이어서

단지 오늘처럼 별똥별 쏟아지는 캄캄한 밤을 기다렸지
그리고 꽉 쥐고 있던 내 손을 활짝 펴기로 했어
꽃처럼 펼치는 그 순간에
내 손바닥에 흥건해진 별의 피를 맛보는 거야
나는 낯선 지도를 찾느라 길처럼 이어진
북두칠성을 오랫동안 바라보며 왔으니까

그래서 나의 비밀은 별을 꼭 쥐는 일
더욱 깊고 아프게
매 순간의 고통을 디디며 별에 닿으리라는 꿈

내 손금이 캄캄한 별의 손바닥까지 닿은 밤이면
별은 이렇게 내 가슴 위로 별똥별로 쏟아진다고 믿고 있어
춥고 어두워서
더욱 밝은 아픈 별
내던져진 나의 상처 속으로 와 촘촘히 박히리라고

서정시를 이야기하지 않아도 되는 만큼만

아픔을 통과하는 치유와 재생의 시학

복효근(시인)

삶에 내재된 통증들을 자각하며 노래 부르는 시인이 있다. 시인은 피리가 바람과 공명하며 소리를 내듯이 자신의 아픔들과 공명하며 통증을 드러내는 일에 주저하지 않는다. 오히려 강력한 생의 의지를 엿보이며 자신의 세계를 구축하기 위한 삶의 항해를 한다. 항해를 시작한 시인은 세상의 모든 존재들도 아프다는 것을 알게 된다. 시인에게 세상의 모든 존재들은 아프다. 아프며 존재하고 존재하기 위해 아프다. 시인에게 시 쓰기의 여정은 삶과 공명하는 통증의 자각화였다.

"어찌 병에 들지 않고 이곳을 건너겠는가"(『입하』)에서 보여주듯이 시인은 존재하는 모든 본질적인 속성이 아픔이라고 전제하고 있다. 또한 시인은 통증 사이, 그곳에서 균열되며 연초록이 새살로 돋아나는 내면의 깊은 눈뜸을 응시

한다.

"시작하려고 하는 것들과/ 돋으려고 하는 것들 사이에 균열" "내 몸의 균열로 들어서는 초록" "기어이 저 초록의 음역들을 훔쳐 오고 말 거예요"(「입하」)라며 시인은 균열 사이에서 새롭게 태어나는 연초록이라는 재생에 강한 의지를 드러낸다. 시인의 의지는 통증을, 아픔을 감내하며 기어이 회귀하겠다고 다짐한다. 여기에 등장하는 초록은 치유와 재생의 상징이다. 초록으로 다시 탄생하고 새로운 삶으로 시작하고픈 낡은 것들로부터의 거듭남이다.

이번 시집에서 시인의 시적 화두는 '아픔이며 초록'이다. 재생되고자 하는 간절한 치유의 감각화이다.

왜 아픈 것들만 내 몸 같은지 모르겠어요
이건 분명 내 연민의 오래된 유전자 때문이에요

아버지는
세상의 모든 아픈 것들만 집으로 데려왔어요
낡은 주머니에서는 늘
구부러진 연장이며 구부러진 말들이 잠들어 있었어요
집 안에는 알 수 없는 기호들이 구석구석 쌓이고
삼각형의 기호들은 누룩처럼 삭아갔어요
돌아온 아버지가 헌 주머니에서
이끼와 녹이 슬어 부서지는 기호 같은 말들을 꺼내 놓을 때

그건 오로지, 나만이 알아듣게 될 말들이라는 것을

무심하게도 그때는 몰랐어요

의미를 잘 알 수 없는 슬픔이 가득 찬 그 말들이

낙엽처럼 내 가슴에 쌓이고 쌓일 때

나는 가랑잎처럼 야위어갔어요

가난한 것들과

서러운 것들과 휘청거리는 것들만 눈에 밟히고

내 어깨에 닿아 어지러운 것은

아버지의 탓으로 돌렸지만

잠시 잠깐 사이 노랑 민들레 한 포기가

내 심장에 질긴 뿌리로 내릴 줄은 몰랐어요

그 뿌리 때문에 앓는 동안

잠깐 사이 연민 같은 당신이 내 어깨에서

줄기로 돋을 줄은 정말 몰랐어요

—「내 가난한 말들」 전문

이 시에서는 통증의 기원이 아버지에게 있다. 혹은 "몇 개의 실타래 같은 낡은 내 가족사"(「헌 옷집의 둘레길」)에서 비롯되었는지도 모른다. 인정 많은 아버지가 아픈 것들만을 데려왔고 그 아픔은 나에게 유전적 뿌리를 내렸다. 그렇게 누군가의 아픔에 대한 연민은 시인의 어깨에 줄기로 돋았다. 이 시집 전편에 걸쳐 등장하는 아픈 여러 존재들은 사람에게 국한되지 않는다. 아버지가 데려온 구부러진 연장과 구부러진 말 또한 아픔의 목록에 포함된다. 시인의 눈엔 "가난한 것들과/ 서러운 것들과 휘청거리는 것들만 눈에 밟"힌다. 시인은 그 아픈 것들에 대한 연민의 기록이 자신이 쓴 시임을 부정하지 않는다. 미리 밝혀두지만 '연민'이란 단어를 매우 감상적인 어휘로 인식하려는 경향이 있는데 이 시에서 연민은 치유를 향한 가장 전제적인 상황 인식이라고 할 수 있다. 대상에 대한 사랑의 한 속성으로 좁게 이해해도 무방하리라.

앞서 말했듯이 그가 바라보는 대상들은 아프다. "누구든 내부에 통증 하나씩 갖고 있어,/ 고양이도 앞집 할매도 자꾸만 뒤돌아보며 간다는 것/ 모든 절망의 외마디, 그것이 통증이었다는 것"(「당신이 뒤돌아볼 때」)이라 진술하는 것에서 보듯이 뒤돌아보며 가는 모든 것들은 절망의 외마디를 지녔고 그것이 통증이라고 말한다. 한 예로, "빛나라 네온사인 가게 아저씨"의 "박쥐 무릎"에 머무는 시인의 시선을 따라가 보자. "흡사 거꾸로 매달린 박쥐의 모습으로 …(중략)…// 비가 오면 욱신거려 죽(「박쥐 무릎」)"겠다고 한다. 삶에서 얻은 통증으로 박쥐가 되어버린 누군가의 모습이다.

주목할 것은 시인은 타인의 통증이 곧 나의 통증이라고 인식하고 또 그 통증을 고스란히 자기 것으로 공명하고 있다는 점이다. "실은 내부에 있는 나의 목소리로 당신 목소리를 들어요"(「당신이 뒤돌아볼 때」)라고 하는 대목에서 알 수 있듯이 타자의 "절망의 외마디"는 실은 나의 절망의 외마디라고 하는 것이다. 불가의 유마경에서 "중생이 아프니 보살이 아프다"는 그 심경으로 보아도 크게 어긋나지 않을 것이다. 빛나라 네온사인 아저씨의 아픔을 바라보며 "내 지친 굽은 무릎을 자꾸 더듬어본다"(「박쥐 무릎」)고 하는 맥락도 같다. 동체의식을 느끼며 강한 연민에 사로잡혀 있음을 알 수 있다. 타인의 아픔을 자신의 아픔으로 여기는 동일시에서 나오는 시인의 목소리는 그래서 한층 진정성을 얻게 된다. 한 발짝 떨어져서 관조하는 것이 아니라 깊은 연민으로 절절하다.

연두 잎사귀 드문드문 돋는 계절이 오면
오랫동안 모래바람에 아파온 내 귀는 더욱 아려와요

아프게 아려오면, 나는 어두운 귓속 골목을 맨발로 걸어
당산나무한테로 더듬거리며 가요

비틀거리며 나무 가까이 쭈뼛쭈뼛 다가가면
종이꽃 이파리들을 나무에 걸어놓고 꽃상여를 타고 떠난 주름 깊은
당골네 할매가 나무 속에서 손을 내밀어 줘요
'얘야, 네가 아프구나' 중얼거리며
내 머리를 쓰다듬어요 둥근 서랍에서 심장 모양의 오르골을 꺼내 빛나는 종소리로 나뭇잎의 노래를 불러주어요

새의 울음 같은 종소리가 내 달팽이관을 구슬처럼 몇 번을 더듬어 오르고 내려오면

아린 내 귀는 그때부터 조금씩 우는 것인데

흘리는 족족 초록 진액이에요

내 귀의 울음은 기실 오래전 나도 모르게 들어와 둥지를 틀고 함부로 살던 바람 소리며 새소리며

알 수 없는 누군가의 구슬픈 휘파람 소리예요

나는 누구의 말도 알아듣지 못하는 병病에 걸려

'연두를 주세요' '연두를 주세요'

하고 바람에게 속삭이곤 했던 것인데

바람은 자꾸만 내 귀에 휘파람만 불었던 것이에요

연두색 솜털 같은 잎사귀들이 가지마다 폭설처럼 내릴 때면

난 이명 속 초록 당산나무 할매를 찾아가요

할매는 내 귀에 박힌 아픈 가시 이야기를

하나하나씩 뽑아내며

침을 발라 꼭꼭 눌러주어요

그제야 나의 귀는 연두로 조금씩 정갈해지고

아렸던 마음은 조금씩 눈을 뜨곤 해요

              —「이명 속 나무 한 그루」 전문

공명하는 자아, 아픈 귀를 얻었다

"나는 누구의 말도 알아듣지 못하는 병病에 걸려" "오랫동안 모래바람에 아파온 내 귀는 더욱 아려와요"라고 말하며 시인은 당산 할매를 찾아간다. 그리고 치유받기 시작한다. 아프다는 통증의 자각과 함께 시적 자아는 치유를 꿈꾸었기 때문이다. 초록 당산나무 할매가 무엇을 가리키는지는 분명하다. 이비인후과가 아니고 자연을 찾는다는 뜻이다. 야생의 코끼리가 시적 자아에게 "당신은 슬픈 귀를 가졌군요"라고 말하고, 지나가던 당나귀가 "밀림의 이슬로 너의 귀를 씻으렴"(「당신의 등 굽은 벽화」)이라고 말하는 것도 같은 맥락에서 이해할 수 있다. 이 시에서 초록 당산나무 할매는 "'얘야, 네가 아프구나' 중얼거리며/ 내 머리를 쓰다듬"는다. 그녀는 "둥근 서랍에서 심장 모양의 오르골을 꺼내 빛나는 종소리로 나뭇잎의 노래를 불러"준다. 그리고 내 귀에 박힌 아픈 가시 이야기를 하나하나씩 뽑아준다. 그러니까 시적 자아가 겪는 이명의 원인은 알아듣지 못하는 수많은 말들로부터 다친 귀에 박힌 아픈 가시 때문인 것이다. 초록 당산나무 할매의 치유 능력은 일종의 자연에서 오는 주술적인 힘이 아닐까 한다. 자연에게서 받는 위로와 치유 능력을 과학으로써 설명하는 것은 쉽지 않다. 우리가 시를 통하여 얻는 힘도 이와 같은 것이 아닐까? 시인의 시에는 '연두'가 자주 등장하는데 새싹의 연둣빛을 가리키는 것이다. "연두를 주세요 연두를 주세요"라고 시적 자아는 간절하게 빈다. 이 연두는 초월적인 힘을 지녔거나 초월적인 존재의 권능을 상징하고 있는 듯하다. "누군가, 죽음을 엿보았기에 연두를 편지에 동봉했을 것이에요"(「연두 바이러스」)라고 진술한 것을 보더라도 그렇다. 시인은 이 연두(초록)에게서 치유의 힘을 얻는데 이 연두 앞에서 "그제야 나의 귀는 연두로 조금씩 정갈해지고/ 아렸던 마음은 조금씩 눈을 뜨곤" 한다. 새로 돋는 새싹의 연둣빛에서 소생과 재생과 치유의 힘을 얻고 정화된다는 뜻으로 해석할 수 있다. 세속적 삶에서 얻은 상처를 자연에게서 치유하는 것이다.

이렇게 통증을 수반하는 시인의 아픔은 어디에서 비롯된 것일까? 아픔을 자각해야 하는 숙명적인 심장을 가졌다는 뜻으로 이해해야 옳을 것이다. "헤어져 가는 당신이/ 느티나무 아래에서 잠깐 뒤돌아볼 때// …(중략)…// 아스라이 떨어지는 슬픔의 비늘들/ 그럴 때 나는 굽은 내 손의 손금을 활짝 펴 당신의 가장 아픈 소리 하나 말없이 받아내요"(「당신이 뒤돌아볼 때」)라고 하는 걸 보자. 자신뿐 아니라 세상의 모든 상처를, 아픔을 자신의 것으로 받아들이는 데에서 아픔은 비롯된다. 연민이 또한 여기서 비롯되는 것임도 우리는 알 수 있다. 그리고 그 연민은 치유를 지향한다. "내 아린 손금에/ 당신의 숨겨진 통증 하나 묻어주면/ 슬픈 당신이 웃을지도 모르니까요"에서 상처받은 자아의 치유를 넘어서서 그 치유는 당신으로 향하는 것을 보게 되는 것이다. 이러한 연민과 타인에 대한 치유의 모습은 시인의 시 곳곳에서 볼 수 있다. 가령 "어린 노새의 발자국을 끌고 나에게로 온 당신/ 지친 신발을 신은 채 낡은 내 겨드랑이 사이에 얼굴을 묻고 곤한 잠에 들어요"(「당신의 등 굽은 벽화」)라고 말하는 것도 같은 맥락이라 할 수 있다. 다시 말하지만 상대의 상처를 관조적으로 또 객관적으로 바라보는 데에서는 진정한 연민과 치유의 마음을 기대하긴 어렵다. 대상의 아픔을 자신의 것으로 환치시켰을 때 그 연민과 치유는 절실한 진정성을 띄게 된다.

초록으로 재생하는 시인의 치유

앞에서 치유를 지향하는 시인의 모습을 살펴보았다. 그것은 연두(초록)로 상징되는 자연의 초월적 힘에서 얻어지는 것도 보았다. 그런데 아픔이 곧바로 자연의 힘에 귀의한다고 해서 해결될 성질의 것인가? 너무 섣부른 비약이 아닌가 하는 의구심이 들만도 하다. 그러나 그것은 아직 치유의 시적 여정에 절반도 미치지 않음에서 오는 오해다. 치유가 아무런 노력 없이 찾아오는 것이라면 애초에 아픔에 대하여 아프게 노래할 이유가 없다. 아픔도 아픔이지만 치유와 재생과 정화의 길은 더욱 아픈 여정이다. 다음을 보자.

새들은 유서를 공중의 국경에 꾹꾹 눌러썼다
끝내 날개 접지 못한 누군가의 죽음에 대하여

새 떼들은 날개를 손수건처럼 펼쳐
하늘에 뿌려진 눈물을 닦으며 날아다녔다

새의 호주머니에서는 늘 낡은 구멍가게 같은 이야기가
하나둘씩 걸어 나왔다
누군가가 밤새워 붉은 피로 적었을 얼룩진 말들
어린 연두는 잎을 토해내고 있었다, 라고 말하려다가
폭설로 삭아 부러져 버린 나무줄기들의 절망과
어느 어미의 질긴 밥그릇에 대한 울음의 말들까지

새들은 막막해지면 여백들을 하늘에 남겼다
가끔이면 담벼락 사이로 지는 꽃잎들을 밟고 지나가는
행인들을 바라보며
절망의 병病이 순간의 고통일 뿐이라고
발에 밟힌 여린 꽃잎들을 주워 책갈피에 꽂았다
밤새도록 꽃들의 절망을 접어 꼭꼭 담금질하여
날개깃 사이에 품기도 했다

때론 새들도 지쳐 내려온 낮은 지하 단칸방
새는 지상에 머물지 못하는 삶을 받아들이려고
밤새도록 날개를 파닥였다
아 나는, 다시 태어나면 식물이었으면
이왕이면 비옥한 산등성 서어나무라는 이름으로 태어

났으면

　흩어지는 물결로 오랫동안 반짝거릴 수 있었으면

　지상에서 내쫓긴 새들은 오늘도 잠들지 못한다

　이따금 어둠을 빌어 잠시 날개를 접을 뿐

　한줄기 울음을 물고 이방인으로 이국의 새벽을 날아오

를 뿐이다

—「새의 유서」 전문

　여기서 '새'는 시인의 투사물로 보아야 옳다. "지상에서 내쫓긴 새"다. 마치 보들레르가 스스로를 앨버트로스에 투사한 것과 같다. 새들은 "끝내 날개 접지 못한 누군가의 죽음에 대하여/ 새 떼들은 날개를 손수건처럼 펼쳐/ 하늘에 뿌려진 눈물을 닦으며 날아다녔다". 그러면서 차라리 지상에 발을 붙이고 사는 식물을 동경한다. 그것도 튼튼하게 자라 비옥한 언덕의 서어나무였으면 한다. '오래 반짝이는 삶'으로 연초록을 꿈꾼다. 초록(연두)으로의 환생을 꿈꾸는 새는 "지상에 머물지 못하는 삶을 받아들이려고/ 밤새도록 날개를 파닥"인다. 치유는 말처럼 쉬운 게 아니다. 스스로를 부정하고 다시 태어나야 하는 아픈 여정인 것이다. "초경처럼 부풀어 오르는 풋사랑을 마악 이해하기 시작하는 처녀"로 다시 태어나기 위하여 시인은 이글거리는 불에 벌겋게 달은 쇳덩어리가 되어 "쾅쾅 두드려주"기를 기다린다. "동그란 불의 무덤 안에 들어앉아 나도 숨을 얻을래요"라고 염원한다. "누구든 당신의 불의 무덤에 다다르고서야 비로소/ 태어날 수 있"(「대장장이」)다고 믿는다. "구부러진 나를 화로에 던지며/ 다시 태어나"기를 꿈꾼다.

시인은 양지로 양지로만 기우는 라일락의 허리를 곧추세우기 위해 가위를 들고 하루 종일 가지를 자른다(「라일락 미망」). 그것은 일상의 편리함만을 좇고 안이한 세속적인 타성에 젖어가는 스스로에 대한 단련이며 담금질에 해당하는 일이다. 보길도의 몽돌들이 그녀도 날 선 파도와 바람이 훑고 가기를 두려워하지 않는다(「보길도에서」). 그렇게 치유는 멀고 험한 여정인 것이다.

치유는 자기부정을 동반하는 또 다른 아픔이다. 저항이고 모반이며 반역이고 죽음이다. 그리고 "가장 슬플 때는/ 내가 가야 하는 반대의 길을/ 모를 때"(「반대의 길을 걷다」)라고 말한다. 때론 사람들과 반대의 길을 택하고 제도와 세속적 율법이 제공하는 편리함과 안전함을 거부하기도 해야 하는 것이다. 스스로에 대한 반역을 꿈꾸는 것이다. 시인의 투사물인 검은 고양이 네로는 "율법서를 발톱으로 찢으며, 성큼성큼 어둠 위를 가르며" "행렬처럼 걸어가는 너희들 사이사이를 거꾸로 가며/ 어둠의 상징으로 살아가는" "너희들이 버린 것들을 사랑한다/ 너희들이 잃어버린 것을 사랑한다." 이 모반의 야생 고양이는 "불온할 수 있을 때까지 불온을 꿈"(「검은 고양이 네로」)꾼다. 거꾸로 가는 이 야생은 제도와 관습과 통념과 상식을 거부하는 고양이다. 시인의 시에서 야생을 동경하는 대목은 이와 같은 맥락 위에 있다. "오, 반질반질한 것들이라니, 야성을 남김없이 잡아먹고도/ 식탐으로 눈이 반질반질한 저 수많은 타성"(「반질반질한」)을 시인은 경멸에 가까운 눈초리로 노려보는 것도 이 때문이다.

일상적인 통념을 거부하고 기성화된 삶에 저항하는 시인의 사상의 거처는 늘 위태로운 곳에 있다. '구석'(「구석」)이거나 '골목의 모퉁이'(「빈 병의 헤게모니」)거나 '심장 모퉁이 어두운 곳 나비 방'(「둥근 방」)이거나 '허공의 사하라'(「거미 여자」)이다. "저 구석 비밀의 방/ 불의 방"(「가랑잎, 가랑잎」)이다. 스스로를 유폐시키고 부정하고 담금질하고 재생과 환생을 꿈꾼다. 그곳은 "혼자 내 어두운 날개를 꺼내"(「구석」) 볼 수 있는 비밀스러운 공간이다. 빈 병이 버려진 그 어두운 골목은 또한 "어둠이 깊을수록 휘청이며 떨어지는 무수한 아픈 별 조각들을" 받아주기도 한다. 내 망가진 꿈의 날개를 수리하고 보수하는 공간이기도 한 것이다. 허공에 그물을 엮고 있는 거미 여자, 시인은 "칭칭 내 자신을 향해 치고 있는 감옥이/ 실은 내 날개"(「거미 여자」)라고 말하며, 감옥이 곧 재생의 공간이라는 역설을 발견하기도 한다. 나비 애벌레가 되어 거처하는 시인의 방은 "깊고 깊어서 맑아진 여자의 어두운 자궁 속"이기도 하다. 재생의 공감임을 말하고 있는 것이다. 그곳에서는 "나비 방이 자꾸만 자라/ 나를 허물며 자"(「둥근 방」)란다. 나를 허물어버리는 그곳에서 "삶의 풍장"이 이루어지고 나는 "마른 가랑잎처럼 지상에서 소멸"되고 "더는 가벼워질 수 없을 때까지" 가벼워지는 것이다. 그것은 "내 안, 들

숨 날숨으로 날아들어 허무는 빛나는 썩음"(「가랑잎, 가랑잎」)이
라고 시인은 명명한다. 비로소 가장 가벼운 몸피를 가진 자
유를 성취한다. 시인이 지향하는 궁극이 여기서 드러난다.

이처럼 시인에게 치유란 단순한 상처의 회복이 아니다.
다시 태어나는 일이다. 재생과 환생, 그리고 정화의 개념으
로 읽혀야 옳을 것이다. "거친 제 몸 껍질을 스스로 찌르며
자라는 씨들의 견딤은/ 갈라진 틈새로 밤이면 수천의 나비
떼로 날아오른다는/ 호두의 전설(「호두의 페르소나」)처럼 시인
은 상처를 통하여 비상을 꿈꾼다. 그래서 시인의 시에는 나
비와 함께 날개의 이미지가 많이 등장한다.

> 병이 나지 않고는 저 초록을 건널 수 없어요
> 숲의 언덕을 오르다가 나는 병이 나고 말았어요
> 손이 닿을 수 없는 절벽 사이로
> 무수하게 돋은 여린 싹들
> 꽉 찬 겨울의 허물을 벗으려다가
> 봄볕 아래 알몸이 되어버린 저 여린 것들
> 나는 이 음역들을 다 읽을 수 없어요
> 수천의 어린 젖가슴들이 유두를 띄우며 돋는다, 라고
> 이해하려다가
> 세상의 아픈 것들이 다 이곳으로 와 새롭게 시작하려
> 한다고 말하려다가
> 시작하려고 하는 것들과

돌으려고 하는 것들 사이에 균열이

아주 작은 틈으로만 열린다는 것을 이제야 알았어요

저녁이 오면 햇살 하나하나가 물결 같은 어둠을 몰고

와서

여린 잎의 몸으로 들어서는 이곳

어찌 병에 들지 않고 이곳을 건너겠는가

오 내 몸의 균열로 들어서는 초록

나는 참지 못하고 이슥한 밤이 오면 타라 여신처럼

반라의 몸으로 시바 신의 성전으로 스며들 거예요

산산이 부서져 파멸당하더라도

기어이 저 초록의 음역들을 훔쳐 오고 말 거예요

―「입하立夏」 전문

　시인은, 인간은 누구나 병을 앓고 있다고 진단한다. "주검이 있는 곳마다 다닥다닥 타오르며/ 위태로운 언덕배기 위를 성큼 올라서는 독한 病병"이다. 그리고 동시에 "어찌 병에 들지 않고 이곳을 건너겠는가"라고 묻고 있다. 치유 자체가 또한 병과 다르지 않음을 말하는 것이다. 그리하여 '자기 파멸'을 두려워하지 않는다. 그것은 자기 정화와 재생, 자기 구원으로 나아가는 통로이기 때문이다. 이은송의 시는 통증의 기록이며 스스로 선택한 자기부정, 역행과 소멸과 파멸의 기록이다. 아직 이르지 않은, 혹은 영원히 이르

지 못할 치유와 자유와 유토피아를 위한 안간힘의 몸부림
이다. 참 독한 병이다. "산산이 부서져 파멸당하더라도/ 기
어이 저 초록의 음역들을 훔쳐 오고 말 거예요", 시시포스
의 다짐과도 같은 저 무모하리만치 당당한 언술 앞에 전율
을 느끼지 않을 수 없다.